雲中歌

桐華◎著

卷六

悲喚來世夢

【第四十九章】人生只似風前絮，歡也零星，悲也零星……004
【第五十章】當時斷送、而今領略，總負多情……029
【第五十一章】多情總為無情惱……059
【第五十二章】孤鴻語，三生定許，可是梁鴻侶？……084
【第五十三章】破繭成蝶……107
【第五十四章】當時不是錯，好花月，合受天公妒……123
【第五十五章】只應碧落重相見……149
【第五十六章】此情已自成追憶……169

【第五十七章】明日天涯已陌路……187
【第五十八章】落子勿言悔……198
【第五十九章】鳳歸何處……211
【跋　　文】……218
【後　　記】最後的告別……221
【給臺灣讀者】第一次問候……227
【特別收錄】桐華和臺灣讀者的私心分享……228

第四十九章

人生只似風前絮，歡也零星，悲也零星

踏春時節，柳絲如輕煙，淺草沒馬蹄。
錦衣少年、寶馬雕鞍，在經過一身寒衣的他時，
卻不知道這個他們輕賤的人，原本在他們之上。

雲歌接到許平君的傳詔時，正對著醫書背草藥的藥性，想著許平君找她應該和公孫長使、張良人的事有關，忙將手頭的藥草放下，趕進宮中。

許平君見到她，露了笑意，不過只在唇角一轉，很快就淡了，「有個人想見妳，卻又不方便直接找妳，所以請我幫忙，妳肯見她嗎？」

「誰？」

「太皇太后。」

雲歌眉目低垂，看不清楚神情，只有睫毛輕顫了幾下，「她無事不會找我的，姐姐帶我去吧！」

許平君見她答應了，牽著她的手，並肩向長樂宮行去。許平君的面容清靜到幾乎沒有任何情緒，完全不似她往日的性格。

雲歌輕聲問：「公孫長使的事情是張良人做的嗎？」

許平君淡笑，「不管她做沒做都無所謂。皇上立意要壓下此事，根本不會去徹查，御廚和所有牽涉在內的人都已被祕密處死。」

雲歌只有沉默。對劉詢的處理方法，她雖然早已猜出幾分，可真聽到後仍不免心寒。張良人身後有右將軍張安世和整個張氏，劉詢不能失去張氏，可那個無辜的孩子呢？

長樂宮已到，橙兒和六順正在殿門口張望，看到她們，歡喜地迎上來。六順給皇后請完安後，竟失禮地問雲歌：「姑娘，妳還好嗎？」

雲歌微笑著，十分平靜地說：「以後叫孟夫人。我很好。」

六順忙跪下要賠罪，雲歌卻理都沒有理他，徑直走進了大殿。

上官小妹立在殿內，身上披著一件厚厚的織錦披風，一副要出門的樣子。

許平君有些詫異，她不是要見雲歌嗎？

「妳們來得不巧，哀家要出去走走，改日再來請安吧！」

許平君反應過來，恭敬地說：「兒臣正好有空，不如讓兒臣隨侍左右，兒臣雖然笨手笨腳，不過總比宮女盡心。」

上官小妹面無表情地點點頭，出了殿門。許平君忙小步跟上，雲歌低頭隨在她們身後。上官小妹轉了幾個圈子後，出了長樂宮，看方向似乎想去建章宮，許平君和雲歌不知道她究竟想做什麼，只能一直默默跟隨。

六順不知道使了什麼法子，竟然讓她們一路上沒有遇見一個宮女宦官。等行到建章宮深處的一處院落前，上官小妹停了腳步，說道：「我不方便過去，雲歌，妳想辦法進去看一眼。」

雲歌看侍衛環繞，守衛森嚴，不解地想了會兒，猛地明白過來，對許平君細聲求道：「姐姐，要麻煩妳了。」

許平君道：「他是妳的故人，也是我的故人，一起進去吧！」

守衛見皇后親臨，不知道究竟該不該攔，猶豫間，許平君已走進了院子。

四月正在院中的梧桐樹下掃落葉，抬頭看到來人，手中的笤帚掉到地上，濺起一陣輕塵。

「大公子在哪裡？」雲歌問。

四月神情黯然，指了指身後的屋子。

許平君和雲歌推開木門，刺鼻的酒氣混著酸霉味撲面而來。

屋內堆滿了大大小小的酒罈，根本沒有可以落腳的地方。一個長髮散亂的男子正抱著一個木匣子呼呼大睡，身上穿的似乎是一件紫袍，卻已經被酒漬、油膩染得看不出本來的樣子，皺巴巴地團在身上，臉上野草一般的鬍髯和長髮糾纏在一起，壓根看不清楚五官，只覺得汙穢醜陋不堪，令人避之都唯恐不及。

許平君叫：「大公子！大公子！劉賀！劉賀……」

緊抱著木匣的人身子微動了動，喃喃自語：「紅……紅……」忽地笑起來，大呼一聲，「二弟，這是我們的喜酒，再乾一杯！」

雲歌猛地轉身出了門，仰頭望天，一口口地大吸著氣。

許平君扶著門框，似有些站不穩，那個倜儻風流的男兒怎麼成了這副模樣？半晌後，她才定下心神，問四月：「妳怎麼可以讓他醉成這樣？」

四月盯著許平君冷笑起來，一面笑著，一面快步在院子裡走了一圈，「他除了醉酒，還能做什麼？難道清醒地散步嗎？一天散一千遍？一年該散多少遍？」她說話的工夫，整個院子就被她走了個遍。

許平君看著逼仄狹窄的小屋，說不出話。這一切都是她的夫君一手造成的。在四月犀利的目光前，她連抬頭的勇氣都沒有。

雲歌走到四月面前，一字字說：「我會救他出去，妳要做的就是讓他醒過來！」

四月雙眼圓睜，瞪著雲歌，好一會兒後，用力點了點頭，「好！」

雲歌快步離開，許平君緊跟在她身後，想問卻不敢問。

上官小妹看到雲歌，問道：「他還活著嗎？」

「離死不遠了。妳要我做什麼？要我去求霍光，還是皇上？」

小妹悠悠地笑起來，「霍光幾次暗示皇上下旨殺劉賀，罪名他都已經替皇上網羅齊全，一千多條罪行呢！只差皇上點頭宣旨，皇上卻一直含含糊糊地裝糊塗，霍光又想透過我的手賜死他，我裝害怕，大哭著拒絕了。」

許平君喜悅地說：「皇上定是念著故情，我去求皇上放人。」

小妹的視線如寒刃，割碎了許平君的喜悅，「皇上不是不想殺劉賀，而是不敢殺。孝昭皇帝曾命他寫過一道聖旨，他承諾過不動劉賀，否則劉賀早就……」小妹一聲冷笑，「皇上現在最希望的就是霍光能設法殺了劉賀，可霍光不想背負殺害廢帝的罪名，他是希望皇上下旨殺了劉賀。」

許平君臉色發白，頭深深地低了下去。

雲歌問：「聖旨呢？」

小妹搖搖頭，「我不知道。這個問題，我想過無數遍，皇上肯定想的遍數更多。他先前一定以為在我這裡，所以藉著把我從椒房殿遷到長樂宮的機會，將我所有的物品都翻了個底朝天，可惜結果令他很失望。」

雲歌看小妹盯著她，「也不在我這裡，我剛知道此事。」

小妹的視線越過了她，似看著極遠處，「他不會捨得將妳牽扯進這些亂七八糟的事情，劉詢倒是懂得他的心思，所以壓根沒去煩擾過妳。」

雲歌的身子猛地顫了下，半晌後，才啞著聲音問：「妳為何拖到現在才找我？」

小妹瞟了眼許平君，「太早了，妳孤掌難鳴；再晚下去，就來不及了，現在的時候恰恰好。邊疆有亂，皇上和霍光暫時都顧不上劉賀，但他們一個搶了劉賀的皇位，一個廢了劉賀，沒一個會放心留著劉賀。」小妹看著雲歌，微笑起來：「霍小姐、孟夫人，在他的心中，劉賀是他的朋友，劉賀也敬他為友，否則，以劉賀的心智絕不至於淪落到此，我想他絕不想看到劉賀今日的樣子，劉賀的事情就交給妳了。」說完，好似卸下了個大包袱，神態輕鬆、腳步輕快地走了。

雲歌遙望著守衛森嚴的院子，心裡全是茫然。她雖然給了四月承諾，可她根本不知道怎麼去兌現這個承諾。

書房內，孟玨清心靜氣、提筆揮毫，在書法中，尋覓著暫時的平和。

「卿雲爛兮，糾縵縵兮。日月光華，旦復旦兮……」

三月輕敲了敲門，「夫人想見公子。」

孟玨的眉間有不悅，可聲音依然溫潤有禮，「我有要事在忙，請夫人回去。」

「妳怎麼……」三月的叫聲未完，雲歌已經推門而進，「不會占用多少時間，我來取回一樣屬於我的東西。」

三月一臉不滿，孟玨盯了眼三月，她立即心虛地低下了頭，匆匆後退，將門掩上。

孟玨不露聲色地將面前未寫完的卷軸輕輕合上，「什麼東西？」

「風叔叔給我的鉅子令。」

孟玨沉默了一會兒，從暗格中取出鉅子令交給雲歌，雲歌轉身就要走，他問道：「妳知道怎麼用嗎？」

風叔叔說找執法人，可執法人在哪裡？雲歌停住了腳步，卻沒有回頭。

「去一品居找掌櫃的，將鉅子令出示給他，鉅子們自會赴湯蹈火、在所不辭。」

雲歌震驚，一品居竟然是風叔叔的產業？

她冷嘲道：「如果你告訴我七里香其實也是你的產業，我想我不會太驚訝。」

孟玨沒有回答，而雲歌也沒有給他時間回答，語音剛落，人已經在門外。

「三月。」孟玨揚聲叫她進去。

三月拖著步子走進屋子，孟玨看著她沒有說話，三月臉色漸漸發白，跪了下來，「奴婢知錯了，絕無下次。」

孟珏移開了目光，吩咐道：「妳派幾個人暗中盯著雲歌，查清楚她這幾日的行蹤。」

三月吊到半空的心放下，臉色恢復正常，磕了個頭後站起來，「是。」

三月出來時，看見許香蘭小心翼翼地提著一罐湯過來，她苦笑著上前行禮，「二夫人先回去吧！公子這會兒正忙著。」

許香蘭眼中都是失望，強笑了笑說：「好的，我就不去打擾他了。」

一旁的丫鬟委屈地嘟囔：「守著爐子燉了一下午！前天忙，昨天忙，今天還是忙！喝碗湯的工夫都沒有嗎？」許香蘭嗔了她一眼，朝三月抱歉地笑笑，提著湯姍姍而去。

三月只能嘆氣。

雲歌為了救劉賀，細心地調查和分析著朝堂上的一切。

想要救出劉賀，只有一條路可走，就是把劉賀送回昌邑國。昌邑國是武帝劉徹封的藩國，只有皇上才能下旨奪藩王性命、收回封地，而劉詢因為對先帝有承諾，一日沒有銷毀自己親手寫的聖旨，一日不敢宣旨，光明正大地殺劉賀。

可要把劉賀送回昌邑，談何容易？

首先要把劉賀從建章宮中救出，再送出長安，最後護送回昌邑。守建章宮的羽林營，虎狼之師，只聽命於霍家，武功再高強的人，也不可能從羽林營的重重戒備中救出劉賀；即使把劉賀救出建章宮，又如何出長安？負責京畿治安、守長安城門的是雋不疑，此人鐵面無私，只認皇帝，他一聲令下，將城門緊閉，到時候插翅都難飛。最後的護送當然也不容易，以劉詢的能力，肯定能調動江湖人暗殺劉賀，可相對前兩個不可能完成的環節，最後一個環節反倒是最容易的。

雖然雲歌看不到一點希望，可她的性格從不輕言放棄，何況這是劉弗陵的心願，無論如何困難，她都要做到。

既然最後一個環節最容易，那就先部署最後一個，從最簡單的做起，再慢慢想前兩個環節。

她靜靜觀察著朝堂局勢的變化，希冀著能捕捉到劉賀的一線生機。

漢朝在秋天正式出兵，到了冬天，關中大軍大敗匈奴的右谷蠡王，西北大軍雖然不能直接參與烏孫內戰，可在趙充國將軍的暗中協助下，烏孫內戰也勝利在望，劉詢和霍光的眉頭均舒展了幾分，眾位官員都喜悅地想著，可以過一個歡天喜地的新年。

正當眾人等著喝慶功酒時，烏孫的內戰因為劉詢寵臣蕭望之的一個錯誤決定，勝負突然扭轉，叛王泥靡在匈奴的幫助下，大敗解憂公主，順利登基為王。解憂公主為了不讓漢朝在西域的百年經營化為烏有，毅然決定下嫁泥靡為妃。

消息傳到漢廷，一貫鎮定從容、喜怒不顯的霍光竟然當場暈厥。

迫於無奈，劉詢只能宣旨承認泥靡為烏孫的王，他心內又是憤怒又是羞愧，面上還得強作平靜。內火攻心，一場風寒竟讓一向健康的他臥榻不起。

太醫建議他暫且拋開諸事，到溫泉宮休養一段時間，藉助溫泉調養身體。

劉詢接納了建議，準備移居驪山溫泉宮，命皇后、霍婕妤、太子、太傅以及幾位近臣隨行。因為旨意來得突然，孟府的人只能手忙腳亂地準備。

擔心溫泉宮的廚子不合孟珏口味，許香蘭特意做了許多點心，囑咐三月給孟珏帶上。

一堆人擠在門口送行，孟珏和眾人笑語告別，到了許香蘭面前時，和對其他人一模一樣，只笑著說了幾句保重的話，就要轉身上車。

許香蘭強作著笑顏，心裡卻很難受委屈，聽說不少大人都帶著家眷隨行，可孟珏從未問過她。唯一寬慰點的就是孟珏對她至少還溫和有禮，對大夫人根本就是冷淡漠視。

「等一等！」一個冷冽的聲音傳來。

孟珏聞聲停步。

雲歌提著個包裹匆匆趕來，「帶我一起去。」

自霍光病倒，大夫人就回了霍府，已經很多天沒有回來，這時突然出現，所有人都安靜下來，看孟珏如何反應。不想孟珏只微微點了頭，如同答應了一件根本不值得思考的小事。

雲歌連謝都沒說一聲，就跳上了馬車，原本該坐在馬車內的孟珏坐到了車椽上，車夫呆呆愣愣了一會兒，才反應過來，揚鞭打馬，驅車離開。

剛到溫泉宮，雲歌就失去了蹤跡，三月著急，擔心雲歌迷路。孟珏淡淡說：「她不可能在溫泉宮迷路，做妳的事情去，不用擔心她。」

許平君正在整理衣服，聽到富裕叫「孟夫人」，還以為聽錯了，出來一看，竟真是雲歌，喜得一把握住了雲歌的手，「妳怎麼來了？一路上冷不冷？讓人給妳送個手爐來？」

雲歌笑著搖頭，「一直縮在馬車裡面，擁著厚毯子，一點都沒凍著。」

許平君有意外的喜悅，「孟大哥陪著妳一塊的嗎？」

雲歌笑意一僵，「他坐在外面。姐姐，我有話和妳單獨說。」

許平君看到她的表情，暗嘆了口氣，命富裕去外面守著。

「什麼事？」

「我已經計畫好如何救大公子了，只是還缺一樣東西，要求姐姐幫我個忙。」

「什麼忙？」

「看守劉賀的侍衛是霍光的人，我已經想好如何調開他們，救劉賀出建章宮。」

「這些侍衛對霍家忠心耿耿，妳怎麼調開？」

雲歌從懷裡掏出一個調動羽林營的令牌，許平君面色立變，「從哪裡來的？」

雲歌的手隨意一晃，令牌即刻不見，「從霍山身上偷來的。霍光病得不輕，兒子和侄子每夜輪流看護。他在霍光榻前守了一夜，腦袋已不大清醒，我又故作神祕地和他說一些亂七八糟的事情，他大意下，令牌就被我給偷來了。」雲歌說著，面色有些黯然，「霍府現在一團亂，希望叔……霍光的病能早點好。」

許平君已經明白雲歌要她幫的忙，十分為難地問：「妳想讓我幫妳從皇上那裡偷取出城的令牌，

能再有。」

雲歌點頭：「皇上離京前特意叮囑過雋不疑，嚴守城門。雋不疑這人固執死板，沒有皇命，任何花招都不會讓他放行。這件事情必須儘快，一旦霍山發現令牌不見了，這樣千載難逢的機會不可能再有。」

許平君側過身子，去疊衣服，默不作聲。很久後，她語聲乾澀地說：「我不想他殺大公子。可他是我的夫君，如果我去盜取令牌，等於背叛他，我……我做不到！雲歌，對不起！」

雲歌滿心的計畫驟然落空，呆呆地看著許平君。上官小妹以為劉詢所為會讓許平君心寒，她低估了許平君對劉詢的感情，而自己則高估了許平君對劉賀的情誼。

「雲歌，對不起！我……」

雲歌抓住許平君的手，「姐姐，妳只要幫我查清楚大哥把令牌放在哪裡，把收藏令牌的機關講給我聽就可以了，這樣子不算背叛大哥，如果我能偷到，證明老天站在大公子這邊，如果我偷不到，那也是命，我和大公子都會認命。」

許平君蹙眉思量著，雲歌鑽到了她懷裡，「姐姐！姐姐！姐姐！皇上身邊高手無數，他自己就是高手，即使妳告訴我地方，我也不見得能偷到。姐姐忘了紅衣嗎？大公子再這樣子被幽禁下去，不等皇上和霍光砍他的頭，他就先醉死了，紅衣即使在地下，也不得心安呀……」

雲歌還要絮叨，許平君打斷了她，「我答應妳。」

雲歌抱著她親了下，「謝謝我的好姐姐。」

許平君苦笑，「妳先回去吧！我梳妝一下就去看皇上，等有了消息，我會命富裕去通知妳。」

雲歌重重「嗯」了一聲，先回去休息。

一邊走著，她一邊反覆回想著侯伯伯教過的技藝，卻又頻頻嘆氣，劉詢不是霍山那個糊塗蛋，也不會恰巧一夜未睡，暈暈沉沉地被她得了手，何況劉詢肯定不會把令牌帶在身上，而是應該藏在某個暗格裡。

剛進住處的院門，三月恰迎面而來，雲歌突然朝她笑起來，一邊笑著一邊說：「三月，妳最近在忙什麼？」

三月被雲歌突然而來的熱情弄得有點暈，不解地看著雲歌。

雲歌藉著和她錯身而過的機會，想偷她身上的東西，三月立即察覺，反手握住了雲歌的手，滿臉匪夷所思，「妳要做什麼？」

雲歌懊惱地甩掉了她的手，「就玩一玩。」說完，咚咚地跑掉了。

立在窗口的孟玨將一切看在眼底，靜靜想了一瞬，提步去找雲歌。

雲歌坐在幾塊亂石上，居高臨下地望著山坡下的枯林荒草，眉目間似含著笑意。她發呆了一會兒，取出一管玉簫，吹奏起來。

曲子本應該平和喜悅，可在瀟瀟寒林、漠漠山靄中聽來，帶著揮之不去的哀愁。

兩隻山猴不知道從哪裡鑽了出來，歡叫著跳到雲歌身前，歪著腦袋看看雲歌，再看看空無一人的雲歌身側，骨碌碌轉動的眼睛中似有不解。

雲歌微笑著對猴子說：「他去別的地方，只能我吹給你們聽了。」

兩隻猴子不知道有沒有聽懂雲歌的話，一左一右蹲坐到雲歌身側，在她的簫聲中，異樣地安靜。

孟玨在後面聽了一會兒，才放重了腳步上前，兩隻猴子立即察覺，「吱」的一聲叫，跳起來，帶著敵意瞪向他，擺出一副攻擊的姿勢，警告他後退。

雲歌回頭看了他一眼，沒有理會，仍眺望著遠方。

孟玨看著兩隻猴子，不知道該怎麼辦，繼續上前的話也許就要和兩隻猴子過招。

猴子瞪了他半晌，突地撓著腦袋，朝他一呲牙，也不知道究竟是笑，還是威脅，反正好像對他不再感興趣，吱吱叫著坐回了雲歌身旁。

孟玨捧著一個盒子，走到雲歌面前，打開盒子，裡面有各種機關暗門的圖樣，孟玨一一演示著如何開啟暗門的方法。

雲歌從漫不經心變成了凝神觀察。

兩隻猴子「吱吱」跳到孟玨身後，和孟玨站成一排，模仿著孟玨的動作。孟玨動一下，牠們動一下，竟是分毫不差，還裝模裝樣地努力模仿著孟玨的神態，只是孟玨舉止間的高蹈出塵，到了猴子身上全變成了古怪搞笑。

一個人，兩隻猴子，站成一列，一模一樣的動作，說多怪異有多怪異，說多滑稽有多滑稽。

雲歌的臉板不住，變成了強忍著笑看，到最後實在沒忍住，「噗哧」一聲笑出來。

孟玨聞音，只覺得呼吸剎那停滯，全身僵硬著一動不能動。

兩隻猴子也立即學著他，突然間身體半蹲，上身前傾，手一高一低停在半空，然後僵了一會兒，隨著孟珏的動作，緩緩側頭看向雲歌。

雲歌本來已經又板起了臉，可看見一人兩猴齊刷刷的轉頭動作，只得把臉埋在膝蓋上，吭哧吭哧地壓著聲音又笑起來。

孟珏望著雲歌，眼中有狂喜和心酸。

兩隻猴子等了半天，見孟珏仍是一個姿勢，無聊起來，蹲坐下來，眼珠子骨碌碌地轉著，看看雲歌，看看孟珏。

笑聲漸漸消失，雲歌抬頭時，已經與剛才判若兩人，冷著聲音問：「你在我面前做這些幹什麼？」

孟珏眼中也變回了一無情緒的墨黑，「妳是侯師父的半個徒弟，這最多算代師傳藝。」

雲歌垂眸看著地面，似在猶豫。

正在這個時候，富裕喘著粗氣跑來，「哎呀！好姑娘，妳讓我好找！都快跑遍整座山頭了。」

雲歌立即跳起，驚喜地望著富裕，富裕卻看著孟珏不肯說話。

「若是許姐姐吩咐的事情，就直說吧！」

富裕從懷中小心翼翼地掏出一方白絹，遞給雲歌，「娘娘說了，看過之後，立即燒掉。」

雲歌接過白絹，打開一看，果然是收藏令牌的暗格圖樣，她喜悅地說：「回去轉告許姐姐，她什麼都不知道，也什麼都沒做過。」

富裕應了聲「是」，想走，卻又遲疑著說：「姑娘，妳可要照顧好自己。」

雲歌微笑著點了下頭。

富裕眼中有難過，卻只能行禮告退。

雲歌沉默地將白絹攤開，放在了地上。

孟玨走過來看了一眼後，將破解方法教授給她，兩隻猴子依舊跟在他後面，一個動作一個動作地學著。

不管暗門的機關有多複雜，可為了取藏物品方便，正確的開啟方法其實都很簡單。等清楚了一切，雲歌對著遠方行禮，「謝謝侯伯伯。」

孟玨一言不發地離開，走遠了，聽到簫音又響了起來。

山嵐霧靄中，曲音幽幽，似從四面八方籠來，如訴、如泣，痴纏在人耳畔：

……

踏遍關山，倚斷欄杆，無君影。

驀然喜，終相覓！

執手樓臺，笑眼相凝。

正相依，風吹落花，驚人夢。

醒後樓臺，與夢俱滅。

西窗白，寂寂冷月，一院梨花照孤影。

孟玨覺得臉上片片冰涼，抬眼處，蒼茫天地間，細細寒風，勻得漫天小雪，輕捲慢舞著。

雪由小轉大，飄了一夜，山中梅花被催開，在懸崖峭壁上迎著風雪爛漫。

劉詢貪其堅韌高潔的姿態，竟站在雪裡賞了一個多時辰。七喜和何小七勸了兩次，反被劉詢嫌煩，給斥退了。

等覺得興盡了，劉詢才欲返回，剛走了幾步，卻看一個紅衣人影沿著山壁迎雪而上，攀到懸崖前，探手去折梅。他驀地想起無意中擁入懷中的柔軟幽香，心內陣陣牽動，不禁停下遙望。

風雪中，人與花都搖搖欲墜，劉詢的心不自禁地就提了起來。看到那人順利折到梅花，劉詢也無端端高興起來，覺得好似是自己成功做到了一件事情。

看了看那人下山的方向，劉詢邁步而去。

七喜和何小七對視了一眼，嘴角都含了笑意。看斗篷顏色，該是個女子，不知道是哪家姑娘，或哪宮的宮女，只怕她自己都不會想到，這番雪中折花竟會折下潑天富貴。

等劉詢繞到山道前，人與花竟已下山，白茫茫風雪中，一抹紅影漸去漸遠。

劉詢忙加快了步速，一邊追，一邊叫：「姑娘，姑娘……」

女子聽到聲音，停住了腳步，捧著花回頭。

花影中，輕紗雪帽將容顏幻成了飄渺煙霞。

劉詢趕到她身前站住，大病剛好，氣息有些不勻，喘著氣沒有立即說話，只凝視著眼前的人兒。

幾聲輕笑，若銀鈴蕩在風中。笑聲中，女子挽起擋雪的輕紗，「皇上，你怎麼看著有些痴呆？」

劉詢一時間分不清楚自己是喜是悲，怔怔望著雲歌。

雲歌在他眼前搖了搖手，「皇上，你回去嗎？若回去正好順路。」

劉詢忙笑道：「好。」說著想把雲歌抱著的梅花拿過去，「我幫妳拿吧！」

雲歌任由他拿走了梅花，默默走在他身側。

風雪中，兩人走了一路，竟是再沒有說一句話。

女子的軟語嬌聲固然愉人心扉，可適時的沉默卻更難得，劉詢雜亂的心緒漸漸平穩，覺得心中有茫茫然的平和安寧。

進了溫泉宮，劉詢拿著花，遲遲沒有還給雲歌，直到最後才將花依依不捨地遞回：「好花要配個好瓶子，我命七喜去給妳尋個瓶子。」

雲歌沒有接，微笑著說：「皇上捧著它回來，就送給皇上賞了。」

劉詢有意外之喜，笑道：「我的起居殿中剛收了一個新花瓶，正好插梅花。」

雲歌問：「什麼樣子的？」

兩人一面說著，一面肩並肩地進了大殿。

何小七欲跟進去，七喜一把拽住他，搖了搖頭，又遙遙朝殿內的宦官打了個手勢，所有宦官都悄悄退出了大殿。

何小七呆站了會兒，小聲問七喜：「這不是第一次？」七喜瞟了他一眼，沒有回答。何小七忙知錯地低下了頭，嘴邊卻抿出了個陰沉沉的譏笑。

雲歌一進屋子就笑說：「好重的藥味。」

劉詢嘆道：「我的病已經大好，他們一個個卻還把我當病人一般捂著。」

「大哥若不覺得冷，我打開窗戶透一下氣。」

看劉詢同意了，雲歌將內殿的窗戶一一打開，捧起案上的一個玉瓶，行到外殿，「大哥說的是這個瓶子嗎？」

「就是它。」

雲歌把瓶子放在正對殿門的案上，脫去斗篷，跪坐在了案前。

劉詢將花遞給她，坐到她身旁，看她修剪花枝。

兩人時不時視線相觸，雲歌或嫣然、或低首，劉詢只覺花香襲人，人欲醉。

花插好後，雲歌獻寶一樣把花捧到劉詢面前，「大哥喜歡嗎？」

劉詢的聲音很重，「喜歡。」

雲歌側首而笑，劉詢忽地伸手欲握掩映在紅梅中的皓腕，雲歌卻恰好縮手，兩人一擦而過。

雲歌取出腰畔掛著的玉簫，低著頭說：「我給大哥吹個曲子，好不好？」

劉詢點頭。

雲歌側依在案上，輕握著玉簫，悠悠地吹起來，慵懶閒適中嫵媚暗生。

此情此景，竟觸手可及。

他的崢嶸江山中，唯缺一段人間天上的旖旎。恍恍惚惚中，劉詢只覺欣喜無限。

雲歌一首曲子吹完，低頭靜坐著，好似在凝神細聽，又好似含羞默默。一瞬後，她向劉詢欠了欠身子，站起來就要離開。

劉詢急急伸手，只來得及握住她的一截裙裾。

雲歌回頭看他，剪水秋波中似有嗔怪，劉詢忙放開了裙裾，「妳……明日陪我去山中散步可好？太醫說我應該每天適量運動。」

雲歌凝視了他一瞬，忽而一笑，「大哥若明日還願意見我，我就陪大哥去散步。」

劉詢喜悅地說：「那說好了，明日不見不散！」

雲歌笑著，扭頭而去。

她一出殿門，就加快了步速，一邊向樹林裡走，一邊嘴裡打著呼哨。樹林深處傳來猴子的吱吱叫聲。雲歌跑進林中，一隻猴子倒吊在樹上，另一隻猴子抓著個木盒給她。雲歌拍了拍猴子的腦袋：「好樣的，回頭再謝謝你們，趕緊回山中去，這幾天都不要再出來，藏好了！」

雲歌打開木盒，把自己要的令牌藏入懷中，強裝鎮靜地向宮外行去。

等出了溫泉宮，到了約定地點，一直潛藏在暗處等候她的人立即迎上來，雲歌將兩塊令牌放到他手中，「這塊可以出入建章宮，這塊用來出城門。皇上說不定今天就會發現令牌被盜，你們一定要快！一定要趕在皇上派人通知雋不疑之前出長安，否則……一定要快！」雲歌有深深的抱歉，因為一旦失敗，所有參與此事的人只有死路一條。

來人立即飛身隱入了風雪中，「我們一定盡力！」

雲歌的一顆心撲通撲通地跳，從這一刻起，很多人的性命都在以點滴計算。而她唯有等待。

劉詢目送著雲歌出了殿門，很久後，才收回了目光，看向案上的梅花，只覺得從鼻端到心裡都馨香縈繞，恍似自己不是坐在溫泉宮裡，而是回到了很久前的少年時代。

踏春時節，柳絲如輕煙，淺草沒馬蹄。錦衣少年、寶馬雕鞍，在黃鶯的嬌啼聲中，呵護著高貴優雅的仕女談笑而過。他們遙不可及，居高臨下。在經過一身寒衣的他時，他們或視而不見、態度傲慢，或出言呵斥、命他讓路，卻不知道這個他們隨意輕賤的人，原本在他們之上。

在縈繞的梅花香中，過去與現在交融錯亂，那個一身寒衣的少年正在亂鶯啼聲中，一邊欣賞春色，一邊折下梅花，笑贈佳人，而從他們身邊走過的人都在頻頻回頭。

劉詢微笑著坐了很久後，吩咐七喜去拿奏摺，準備開始處理政事。

太醫建議劉詢到溫泉宮的初衷，是想讓他遠離政務，清心休養，可劉詢絲毫未懈怠政事，每天都會將送來的公文、奏摺仔細批閱。

有些奏摺批閱後就可以，有些奏摺卻還需要加蓋印鑒，所以吩咐完七喜後，他又親自起身去室內，準備開啟收藏印鑒和令符的暗格，取出印鑒備用。

他的手搭到暗格機關上，按照固定的方法，打開了暗格，所有的印鑒和令符都呈現在了他眼前。

雲歌一遍遍問自己，我真的只能等待了嗎？

不！一定還有可以幫到他們的方法，一定有！不能讓他們獨自而戰，我還能做什麼？還能做什

麼？只要拖住劉詢，讓他越晚發現令符丟失，所有人就越多一分生機。可是怎麼拖住他呢？再返回去找他？肯定不行！劉詢聰明過人，如果我表現太過反常，他一定會起疑心，察覺事有蹊蹺，反倒提前敗露。

究竟怎麼樣才能讓劉詢覺得不是外人在刻意干擾他，而是他自己做的決定？

她猛地轉身瘋跑起來。

當雲歌氣喘吁吁地出現在書閣中時，孟玨的眼色沉了一沉。

劉奭歡喜地站起來，「姑姑。」看了看孟玨，又遲疑著改口，「師母。」

雲歌走到劉奭面前蹲下，「你想去打雪仗嗎？」

劉奭笑看了眼孟玨，不說話，只輕輕點了點頭。

雲歌望向孟玨，孟玨頷首同意。她立即牽著劉奭向外行去，又吩咐小宦官去叫皇后。

她和劉奭捏好雪團，偷偷在樹後藏好。許平君剛到，兩人就一通猛扔，砸得許平君又跳又叫。

劉奭看到母親的狼狽樣子，捂著肚子，笑得前仰後合。

許平君看到兒子的樣子，心頭一酸，這才是孩子該有的樣子呀！

她隨意抹了抹臉上的雪，就匆匆去捏雪團，又揚聲叫身邊的宮女，「他們兩個欺負我一個，快點幫我打回去！」

宮女們見她被雲歌打成那樣，都絲毫未見怪，遂放心大膽地加入戰局，幫皇后去追打雲歌和太子。兩撥人越打越激烈，興起處，全都忘了尊卑貴賤，叫聲、笑聲、吵聲不絕於耳。

隨著暗格的打開，劉詢正要細看所有的印鑒和令符。忽然，窗外傳來驚叫聲和歡笑聲，劉詢皺了皺眉，側頭看向外面。本以為不過一兩聲，不想竟然一陣又一陣的傳來，他不禁動了怒，誰的膽子這麼大？敢在他的殿外喧鬧？七喜幹什麼去了？竟然由得他們放肆？

隨手將暗格關好，他暗藏不悅地向外大步走去，還未走到殿外，七喜就從外面急匆匆地跑進來，「皇上，奴才剛命人去查探過了，是皇后娘娘、太子殿下和孟夫人在打雪仗，所以奴才就沒敢多言，先來請示皇上，皇上的意思是……」

劉詢的眉頭慢慢展開，笑了起來，「他們倒是好雅興。走！看看去！」

七喜笑應了聲「是」，立即去拿斗篷，服侍劉詢去看熱鬧。

皇后和幾個宮女是一隊，雲歌和劉奭是一隊，人少力弱，已被打得全無還手之力，只能藉助山石樹木躲避。可惜只兩個人、四隻眼睛，根本躲都躲不過來。

劉詢站在高處看了一會兒，揚聲說：「羊角士。」

雲歌立即反應過來，一推劉奭，指向九宮上角，他忙把手中的雪團狠狠砸出去，「哎呦！」一個要偷偷潛過來的宮女被砸得立即縮了回去。

「花十象。」

雲歌輕聲下令，劉奭和她立即左右分開，各自迎戰，將兩個從左右角包攻的宮女打了回去。

「肋道。」

劉詢用的是象棋術語，他的每句話，許平君她們也能聽到，可就是不明白劉詢到底指的是哪個方向，又是何種戰術，所以聽了也是白聽到。

在劉詢的指揮下，雲歌和劉奭敵不動我不動，可敵人一旦動，他們卻總能後發制人。

許平君不依了，嚷起來：「皇上，君子觀棋不語！」

劉奭著急，立即探頭大叫，「父皇是鋤強助弱，俠客所為！」

雲歌想摁他的腦袋，已經晚了，一個雪團滴溜溜地砸到了他頭上。

劉詢大笑起來，「真是頭憨虎！中了你娘的聲東擊西、引蛇出洞。」

雖看不到許平君，可她歡快的笑聲飄蕩在林間。

劉奭見到父母的樣子，也高興地笑起來，雪仗打得越發賣力。

這場「雪中大戰」一直打到晚膳時分才散，劉詢龍心大悅、玩興盡起，索性吩咐御廚準備晚宴，召隨行的大臣和他們的家眷賞雪品酒、對梅吟詩。

君臣歡鬧到深夜，才興盡而歸。

孟玨和雲歌一前一後回到屋中，各自休息。

雲歌疲憊不堪，卻無絲毫睡意，在屋子裡來回走著，時不時地咳嗽一聲。

孟玨也未歇息，聽到隔壁不時傳來的咳嗽聲，走到窗前，推開窗戶，遙望著月色，任寒風撲面。

一更時分，三月匆匆而來，湊到窗下，小聲說：「剛收到師弟的飛鴿傳書，大公子已出長安，公子吩咐送給大公子的禮物，師弟也已經送到。」

孟珏點了點頭，三月悄悄退下。

孟珏去敲雲歌的門。

「誰？」

「是我，有話和妳說。」

雲歌拉開了門，不耐煩地問：「什麼？」

「劉賀已出長安。」

雲歌繃著的背脊突地軟了，扶著門框好似站都站不穩，「你如何知道的？」

「四月也算我的人，難道妳希望我坐看著她往死路上走？後面的事情妳就不用再操心，劉賀的武功心智都不比劉詢差，他輸的是一股決絕和狠勁。」

雲歌神情黯然：「現在的劉賀不是當年的大公子了，他現在究竟是醉是醒都不清楚。」

孟珏淡淡說：「我已命人把紅衣的棺柩帶給劉賀，他就是醉死在酒罈子裡了，也得再爬出來。」

雲歌隱約間明白了幾分劉賀為什麼會變成這樣的原因，悲憫中也認同了孟珏的推斷，不錯！劉賀絕不會再允許任何人驚擾紅衣。雲歌冷冷地說：「你若不想毀了你的錦繡前程，最好回去蒙頭睡覺。」她砰的一聲，將門摔上，想著抓緊時間，還能睡一兩個時辰，立即向榻邊走去。至於明天怎麼辦，即使天要塌下來，也先養足精神。

孟珏靜靜地站了會兒，轉身回屋。

半夜，劉詢正睡得香甜，何小七慌裡慌張地爬進寢殿。

劉詢立醒，沉聲問：「什麼事？」

何小七一邊磕頭，一邊稟奏：「接到雋不疑大人傳書，說……說已經放劉賀出長安。」

「什麼？」

劉詢猛地坐了起來，一把扯開簾帳，怒盯著何小七。

何小七硬著頭皮，將雋不疑的話又重複了一遍。

劉詢赤著腳就跳下了榻，幾步走到牆壁前，打開暗格，收令牌的匣子已不見。他臉色鐵青，眼中又是傷又是恨，聲音冰寒徹骨：「我要劉賀的人頭。」

「是。」何小七磕了個頭，趕忙起身，向外急掠去。

劉詢悲怒交加，連她都會最終辜負了他的信任！這件事情絕非她一人能做，還有……孟玨！肯定是孟玨指使她的，可是……孟玨如何知道兵符印鑒的收藏地方？還有開啟機關的方法？不可能是雲歌！登基後，他特意將未央宮、溫泉宮所有的機關暗格都重新設置過，即使雲歌以前見過也沒用。也不可能是身邊的宦官，他們沒有這個膽子！那麼是誰？能是誰？這個人一定是他親近信任的人。

劉詢回身看到榻旁的梅花，枝頭的俏麗全變成了無情的嘲諷。他突地舉起玉瓶，狠狠地砸到地上，巨響中，立即香消玉殞。冷水盪著碎花慢慢淌過他的腳面，他卻只一動不動地站著。

第五十章 當時斷送、而今領略，總負多情

天地紛亂慘白，
似乎下一瞬就要天傾倒、地陷落。
縱然天塌地裂，她為他孤身犯險，
對他不離不棄，此生足矣！

雲歌睜眼時，天已大亮，她不能相信地揉了揉眼睛，的確是大白天。她以為這一覺頂多睡到半夜，沒想到竟安安穩穩地直到天亮。不過，不管了！事已到此，只能隨遇而安、見機行事了。

洗漱完，剛出院門，就看到周圍侍衛來來往往、說說笑笑，她抓住一個詢問原因，侍衛笑著回稟：「皇上要去圍獵，許了百金的彩頭。」

原來如此，難怪他們都這麼高興，彩頭還是其次，若能藉著圍獵，得到劉詢青睞，將來封侯拜將都有可能，不過……劉詢還有心情圍獵？

雲歌道了聲謝後，去找許平君。

劉奭也在皇后屋內，許平君正幫著他整理獵裝。雲歌見劉詢要帶兒子去，忐忑的心稍微安穩了幾分，也許劉詢還未發現令符丟失。

劉奭握著一把小弓，學著將軍們走路的樣子，在雲歌面前走了幾步，又做了個挽弓射雕的姿勢。

劉奭的眉眼像許平君，顯得文弱秀氣，此時這麼一打扮，突然間也有了幾分劉詢的英武，雲歌笑拱著手說：「拜託大將軍給在下打兩隻兔子回來。」

劉奭跺腳，「誰要打兔子？我要打老虎！」

許平君笑推他出門，「趕緊去找你父皇和師傅，就等你了。」看劉奭走了，卻又不放心起來，追到門口叮囑：「緊跟著你父皇和師傅，不許自個兒亂跑！」

劉奭重重地長嘆口氣，搖頭晃腦地說：「女人呀！」

許平君氣笑著回了屋子，眉目舒暢，好似未央宮內積壓的悒鬱都已消散。

雲歌說：「虎兒比在未央宮活潑許多。」

許平君點頭，「看他這個樣子，我也開心。」

「姐姐，皇上今天的心情如何？他有沒有問起我？」

「很好呀！沒有提過妳，我只聽到他和大臣們商量打獵的事情。」

「哦！」

「怎麼了？妳還在想盜令符的事情？妳打算什麼時候救劉賀？」

「沒！沒！姐姐千萬不要再提這事了。妳吃早飯了嗎？我起得太晚，還沒吃過東西。」

許平君忙吩咐人去準備食物，又嘮嘮叨叨地數落雲歌，雲歌只能安靜地笑聽著。

兩個人一塊說著閒話，一塊笑鬧，一塊用飯，好似又回到了舊日時光，無拘無束的少女時代。

中午時，兩人一塊去爬山，約定比一比，看誰先到山頂。雲歌未讓許平君，自然第一個到達。站在山頂上，她望著粉妝玉琢的重重山嶺，眉目間無限黯然，江山依舊，人物全非！

聽到許平君叫她，忙打起精神，笑著回頭。只看許平君內著一襲正紅色綃鳳錦衣，外穿雀金裘兜帽斗蓬，姿態端莊，氣度雍容，隨著她盈盈步履，素白的天地都成了她華貴的底色。

她走到雲歌身前，喘著氣問：「妳盯著我幹嘛？」

雲歌微笑著看向遠處，「我們都已不是原來的我們了。」

許平君笑摟住了她，「只要有些東西不會變就成！」

雲歌倚在她肩頭，輕輕「嗯」了一聲。

下山時已經很晚，圍獵的人卻還沒回來。許平君擔心起來，富裕勸道：「皇上又不是在驪山打獵，他們是帶著人進入秦嶺山脈，深山裡才能打到大畜牲。聽說孝武皇帝年輕的時候，有時候一入山打獵，來回要一兩個月。皇上這次雖沒打算去那麼遠，不過兩三天總是要的。」

自出了劉奭學「紂王」的事件後，許平君一直在勤讀史書，知道富裕所說不虛，想著周圍那麼多人保護，又沒有霍家的人搗鬼，自己的擔心的確多餘，可對兒子的牽掛卻還是放不下。

「雲歌，妳晚上陪我一起睡，他們全走了，這裡怪冷清的。」

雲歌猶豫著說：「還有富裕他們呢！我晚上鬧得很，怕吵著姐姐。」

許平君沒好氣地說：「讓妳過來就過來，哪裡來的那麼多藉口？」

雲歌只得搬過來，和她一起睡。

晚上，許平君睡夢中被雲歌的咳嗽聲吵醒，才明白了雲歌的心思。她忙起來，幫雲歌倒了杯水，「每日夜裡都這樣嗎？」

雲歌抱歉地說：「一會兒就好。這幾日天寒地凍的，所以嚴重了些。」

「孟大哥沒有……」

雲歌蹙了蹙眉，許平君未敢再說下去。

雲歌喝了幾口水，又躺下睡了。

許平君見她閉著眼睛一動不動，滿腹的話只能全放回去，一面左思右想著，一面禁不住睏意地迷糊了過去。

天剛麻麻亮，忽聽到外面吵吵嚷嚷，許平君和雲歌立即坐了起來，富裕在外面奏道：「皇上命人來傳口諭『命皇后、婕妤和溫泉宮其他人等立回長安』。」

許平君一面穿衣一面問：「為什麼？」

「不太清楚，來人言語含糊，好像是皇上要封山。」

「皇上呢？」

「皇上取道別處，應該正在回長安的路上。」

霍成君的聲音在外面響起，「皇后娘娘和孟夫人還睡著嗎？本宮剛去看過孟夫人，聽說她在這裡……」

許平君恨恨地說：「這隻烏鴉！剛安穩了兩天，就又出來了。她一叫，準沒好事！」

雲歌整理好衣裙，笑挑起簾子，「娘娘起得可真早！」

霍成君笑走到雲歌面前，挽住她的手，一副姐姐妹妹親熱的樣子，聲音卻是陰森刺骨，「趕著給姐姐道喜呀！」

雲歌笑問：「喜從何來？難不成娘娘得了絕症？」

霍成君的眼睛異樣明亮：「我？姐姐就休想了！肯定活得比姐姐長，比姐姐好！不過妳的另外一個大仇人已經離世，姐姐高興嗎？」

雲歌的手足頓涼，強笑著說：「聽不懂妳說什麼。」

霍成君緊緊抓著她的手，如毒蛇纏腕，「妹妹得到消息，孟玨孟大人打獵時不慎跌落萬丈懸崖，屍體遍尋不獲，皇上悲痛萬分，下旨封山尋屍。皇上現在匆匆趕回京城，就是準備治喪。」

許平君一把抓開了霍成君，指著門外，厲聲說：「滾出去！」

霍成君大怒，恨盯著許平君，「妳算什麼東西……」

許平君喝問：「我是皇后，本宮的話妳都敢不聽？妳要本宮執行宮規嗎？富裕，傳掌刑宦官。」

富裕響亮地應道：「是！」

霍成君氣得身子直抖，強吸了幾口氣，彎身行禮，「皇后娘娘息怒，臣妾知錯！」說完，立即退出了屋子。

許平君搖了搖面無血色的雲歌，「她的鬼話哪裡能當真？孟大哥怎麼可能掉下懸崖？」

「他自己當然不會掉下去，但如果皇上逼他掉呢？」

許平君臉色煞白，厲聲說：「不會！皇上絕不會現在就動孟大哥的，他還指望著孟大哥幫他保護虎兒。」

雲歌喃喃說：「妳說劉詢『現在不會動』？看來他早有殺孟玨的意思。」

許平君被自己的話嚇得呆住，心底深處是不是早已經察覺到一切？只是從來不肯面對。

「皇上他……他……孟大哥一直小心謹慎，於虎兒有恩，皇上沒有道理想殺他的，也許出了什麼意外，大雪中山路難行，也許有猛獸……皇上不會，皇上不會……」

雲歌的眼睛清亮透澈，一瞬間就將背後因由全部看清楚，「劉詢對孟玨不滿已久，我救出劉賀後，劉詢肯定不相信我能一個人籌謀此事，以為幕後策劃的是孟玨，所以暴怒中動了殺機。」

雲歌匆匆收拾了幾樣東西，順手將案上的點心果子兜好，披上斗篷，就衝出了屋子。

許平君追著她叫：「雲歌！雲歌！」

雲歌蒼白的面容下全是絕望，「我是恨孟玨，正因為恨他，所以我絕不會受他的恩，我不許他因我而死！」

雲歌的身影在風雪中迅速遠去。

許平君淚眼模糊，只覺得在這一刻，她生命最重要的東西都在遠離、消逝，她所盡力相信和守護的一切都將破碎，「雲歌，妳回來！我們先回京城想辦法，可以派大軍……」

人影在風雪中已模糊，隱約的聲音傳來，「姐姐若想幫我，就立即回京城找霍光，說我入山尋夫，也許他念在……會派兵救……」

人與聲都澈底消失了，只北風呼嘯著捲過。

雪花越落越急，不一會兒的工夫，許平君已經滿身是雪，富裕叫：「娘娘！娘娘！」她好像什麼都聽不到。富裕含淚說：「娘娘，現在整個長安只有您能救雲姑娘了，您可一定要救她呀！」

許平君喃喃問：「我可以嗎？」

「一定可以的！雲姑娘只有娘娘一個親人，娘娘是她唯一的依靠。」

許平君從迷茫變得冷靜，「我也只有她一個親人。富裕，把馬車撤了，我們騎馬回京！」

驪山是秦嶺山脈北側的一個支峰，山秀嶺峻，東西綿延四十多里。整個秦嶺山脈呈東西走向，橫亙於關中大地，山勢雄宏，呈蜂腰狀分佈，東、西兩翼各分出多支山脈，西翼有大散嶺、鳳嶺和紫柏山；東翼有華山、蟒嶺山、流嶺和新開嶺；中段有太白山、鼇山、首陽山、終南山、草鏈嶺，還有無數的小山嶺點綴其間，如翠華山、南五台。

雲歌打聽清楚劉詢封山的地段後，直奔而去，途中與封山的侍衛相遇，她先巧言騙問出劉詢狩獵的大致方位，然後強行闖入，還順手牽羊地奪走了一把軍刀。因山中地形複雜多變，又下著大雪，侍衛們很快就失去了她的蹤跡。

雲歌連爬了兩座山峰，這已是第三座，如果不是這座，她還要繼續去爬下一座。山頂上一片蕭索，大雪已將一切掩蓋，只剩下皎潔的白。

她揮著手中的軍刀，將樹上的雪震落，漸漸看出了異樣，很多的樹都有新的斷痕，她心中一振，

知道自己找對了地方，忙用衣袖去擦樹幹，很新鮮的刀劍痕跡露在眼前。

雲歌眼前隱隱浮現出：孟玨被誘到此處，等察覺不對、想要退避時已經來不及，只得持劍相抗，三面重兵環繞，包圍圈漸漸收攏，將他逼向懸崖邊……不對！此處的刀痕力道如此輕微，用刀的人顯然殺意不重，看來劉詢並不想立殺孟玨，他想活捉他？為什麼……也許孟玨身上有他想要的東西，也許他還有顧忌，也許其他原因，所以並非他誘孟玨到此，而是孟玨發現他的意圖時，主動向懸崖邊靠近，他寧可粉身碎骨，也不願任劉詢擺布！

雲歌扶著樹幹，大口地喘著氣，等稍微平靜一點後，她小心地一步步走到懸崖邊，向下探望。壁立千仞，峭崖聳立，她一陣頭暈，立即縮了回去。

從這樣的地方摔下去，還能有活路嗎？

她身子發軟，摔坐在了地上，雪花簌簌地飄落在身上，腦中也似飄著大雪，只覺得天地淒迷，白慘慘的寒冷。

迷濛的雪花中，她好似看到一個錦衣男子，走進了簡陋的麵店，正緩緩摘下頭上的墨竹笠。彼時，正是人生初見，一切還都如山花爛漫。

「我叫孟玨，孟子的孟，玉中之王的玨。」

「送妳的。妳送我地上星，我送妳掌中雪。」

「坐下來慢慢想，到天亮還有好幾個時辰。」

「夜還很長，而我很有耐心。」

「雲歌，等我，我馬上就到。」

……

不知道為什麼，眼淚如決堤的水一般湧了出來，她一面哭著，一面拄著軍刀站起來，揮舞著軍刀，發瘋似地砍著周圍的樹，「不許你死！不許你死！我才不要欠你的恩！我自己做的事情自己承擔……」

雲歌哭著哭著，軍刀好似重千斤，越揮越慢，「匡噹」一聲掉在了地上，她軟跪在地，放聲大哭起來。

「那邊有人！」山澗中有人高喊。

雲歌眼淚仍是落個不停，只覺得天地昏茫，一切都已無所謂。

聽著漸近的腳步聲，一個念頭閃電般滑過她的腦海，如果劉詢已經肯定孟玨死了，還有必要派這麼多人封山？

哭聲立停，連淚都來不及抹，她立即撿起軍刀，躲進了山林中。

雲歌從側面仔細觀察著懸崖，崖壁上長了不少松柏老藤，如果落下時，預先計畫好，藉助松柏的枝幹，墜力必定會減少許多，再僥倖地沒有撞到凸凹起伏的山壁上，也許有千萬分之一的生機。

她將長刀綁在身上，準備下山谷，看看有無可能從下往上攀，也許孟玨正奄奄一息地吊在崖壁的

哪棵樹上，可也許他已經……她立即打住了念頭，跺了跺腳，搓了搓手，出發！

等爬到山谷中，她仰頭望山，才發覺此山有多大，左右根本看不到邊際，照這樣一寸寸地找，要找到何時？

不管找到何時，也生要見人，死要見屍！

雲歌深吸了口氣，手足並用，開始往上攀援。山壁上松柏、藤條、灌木交纏，有的地方積雪甚厚，看不清楚植物本來的面貌，等手拽到了才感覺有刺，雲歌雖然戴著厚厚的繡花手套，仍被尖刺刺傷了手掌。

突然，幾聲細微的鳥鳴聲傳來，雲歌顧不上去聽，仍專心爬山。又是幾聲鳥鳴，雲歌停住，側耳細聽，一會後，又是幾聲。

乍聽，的確像鳥叫，可前後的叫聲連在一起，卻隱然有「宮、商、角」之分。雲歌閉起了雙目，似推斷，似祈求，「徵音！徵音！」

鳥叫聲再次響起，果然又高了一個音調。雲歌眼中淚花隱隱，立即追著鳥叫聲而去。

當她撥開密垂的藤蘿時，孟玨正倚在山壁上朝她微笑，神情平靜溫暖，好似山花爛漫中，兩人踏青重逢，竟無絲毫困頓萎靡。

雲歌冷著臉說：「你因為我遭受此劫，我現在救你出去，我們兩不相欠！」

孟玨微笑著說：「好。」

雲歌看著他血跡斑斑的襤褸衣袍，「傷得重嗎？還能走嗎？」

「恐怕不行。」

雲歌背轉過了身子，「我先背你下去。」一雙手小心翼翼地搭在了她的肩上，彷彿受傷的人是她。鼻端耳畔是熟悉又陌生的氣息，彼此都似有些迷茫，沒有一個人說話。

雲歌砍了一段藤條，當作繩子，將他縛在自己背上，背著他下山。

雖然有武功在身，可畢竟是背著一個高大的男人，又是如此陡峭的山壁，有時是因為落腳的石塊突然鬆了，有時是因為看著很粗的藤條卻突然斷裂，好幾次兩人都差點摔下去，雲歌雖然一聲不吭，可額頭上全是冷汗，而孟珏只沉默地抱著她，每一次的危險，連呼吸都未起伏。雲歌忽地擔心起來，這人莫不是暈過去了？趁著一次落腳站穩，扭頭探看，卻看他正微笑地凝視著她，目中竟透著寧和喜悅，雲歌呆了一呆，脫口而出，「你摔傻了嗎？」

孟珏笑而不語，雲歌惡狠狠地瞪了他一眼，匆匆扭過了頭。

好不容易，下到山谷，雲歌長出了口氣，放下他，讓他先靠著樹幹休息，又將懷中的點心果子放在他手邊，雖已是一團糊了，不過還能果腹。

「妳幫我砍些扁平的木板來，我的腿骨都摔斷了，需要接骨。」

雲歌拿出軍刀削出木板，孟珏告訴她接骨的方法，吩咐說：「若我暈過去了，就用雪將我激醒。」

雲歌點了點頭，孟珏示意她可以開始。

雲歌依他教授的方法，用力將錯位的腿骨一拽再一扭，「喀嚓」聲中，孟珏臉色煞白，滿額頭都是黃豆大的汗珠。

雲歌抬頭看他，「要休息一下，再接下一個嗎？」

孟珏從齒縫中吐出兩字，「繼續。」

雲歌咬了咬牙，低下頭幫他清理另一條腿的傷勢，先將木刺剔除乾淨，然後猛地將腿骨一拽。

劇痛攻心，孟珏忽覺氣血上湧，迅速抬起胳膊，以袖擋面，一口鮮血噴在了衣袖上。

雲歌低著頭，全神貫注地在幫他接骨，並未注意他的動作，待接好了以後，又用木板、藤條固定綁好。

雲歌用袖子抹了把額頭的汗，「你還有哪裡受傷了？」

孟珏微笑著說：「別的地方都不要緊。」

自見到他，他就一直在笑，而且這個笑不同於他往常掛在臉上的笑，可究竟哪裡不同，雲歌又說不清楚。她沒好氣地說：「現在的情形你還能笑得出來？你就不怕沒人來救你？學鳥叫求救？你以為自己很聰明嗎？幸虧這些士兵都是粗人，懂音律的不多，否則救兵沒叫來，敵人倒出現了。」

孟珏微笑著不說話。她在崖頂上放聲大哭，山谷又有回音，不要說他，就是幾個山嶺外的人都該聽見了，他的鳥叫本來就是叫給她聽的。

雲歌見他只是微笑，惡狠狠地說：「劉詢派人重重包圍在外面，名義上是封山致哀，實際是怕你萬一活著，可以藉著搜山殺你。你現在這個樣子，和俎上魚肉有什麼不同？」

孟珏笑問：「霍光會來救妳嗎？」

「不知道。他的心思我實在拿不準，我救了劉賀，估計他的怒氣不比劉詢少，但他對我一直很好……」

聽到山谷中的隱隱人語聲，雲歌立即背起孟珏，尋地方躲避。

幸虧這個山谷已經被來回搜過五六次，這隊士兵搜查時，並不仔細，一邊咒罵著鬼天氣，一邊隨意地看了看四周，就過去了。

等士兵走了，孟珏說：「現在有兩個方案，妳任挑一個。一，霍光會救妳，劉詢沒有任何理由阻撓霍光救女兒，只要霍光態度強硬，劉詢肯定會退兵，那我們就在這個山谷中等。這裡是我摔落的地方，劉詢已經派兵搜過多次，短時間內士兵肯定對此處很懈怠。二，霍光不會救妳。劉詢搜不到我的屍體，以他的性格，定會再加兵力，士兵定會返來此處尋找我的蛛絲馬跡，那我們就要盡力遠離此地。我有辦法逼劉詢退兵，但需要時間，所幸山中叢林茂密，峰嶺眾多，躲躲藏藏間夠他們找的。」

雲歌心中有很多疑問，可孟珏既說有辦法，那肯定就是有辦法。她低著頭默默想了一會兒後，抬頭看向孟珏：「我被關在天牢時，結識了一幫朋友，我一直想去謝謝他們一聲，可一直打聽不出來自己究竟被關在哪裡，後來聽說，那一年有一個監獄發生大火，裡面的人全被燒死了。那些人是我認識的人嗎？是霍光做的嗎？」

孟珏看到雲歌眼中濃重的哀戚，很想能出言否認，將她的自責和哀傷都抹去，可是他已什麼都做不到，只能點了一下頭。

雲歌背轉過了身子，將他背起，說道：「我們離開這裡！」

茫茫蒼林，寂寂山嵐，天地安靜得好似只剩下了他們兩個人。

雲歌沉默地背著孟玨行走在風雪中，深一腳，淺一腳，步履越來越慢，卻一直牢牢地背著他。

雲歌對躲迷藏的遊戲很精通，一路走，一路故布疑陣，一會兒故意把反方向的樹枝折斷，營造成他們從那裡經過、掛斷了樹枝的假象；一會兒又故意拿軍刀敲打長在岔路上的樹，把樹上的雪都震落，弄成他們從那裡經過的樣子。他們本來的行跡卻都被雲歌藉助不停飄落的雪自然而然地掩蓋了。

雪一時大，一時小，到了晚上，竟然停了。

孟玨看雲歌已經精疲力竭，說道：「找個地方休息一晚上吧！雪停了，走多遠也會留下足跡，反倒方便了他們追蹤。」

雲歌本想找個山洞，卻沒有發現，只能找了一株大樹擋風，在背風處，鋪了厚厚一層松枝，盡量隔開雪的寒冷，又把斗篷脫下鋪在松枝上，讓孟玨坐到上面。孟玨想說話，卻被雲歌警告地盯了一眼，只得閉上嘴巴，一切聽雲歌安排。

黑夜中，火光是太過明顯的追蹤目標，所以雲歌雖帶了火絨卻不敢生火，兩人只能靜坐在黑暗中。

突地傳來幾聲「咕咕」叫，其實聲音很小，可因為四周太過安靜，所以顯得很大聲，雲歌一下撇過了頭。孟玨將雲歌起先給他的點心遞過去，雲歌忙抓了一把塞進嘴裡，吃了好幾口後，反應過來，驚訝地問：「你怎麼還沒有吃完？你不是很久沒有吃過東西了嗎？」

孟玨微笑起來，「經歷過饑餓的人知道如何將盡量少的食物留得盡量長。有時候食物不是用來緩解饑餓，而只是用來維持著不至於餓死。」

雲歌看著手帕中僅剩的幾口點心，再吃不下，「我夠了，剩下的歸你。」

孟玨也未相勸，只是將手帕包好，又放進了懷中。

雲歌默默坐了會兒，問道：「樹林裡應該會有很多動物，我們能打獵嗎？」

孟玨笑起來：「這個時候，我們還是最好求老天不要讓我們碰見動物。大雪封山，有食物貯存的動物都不會出來，頂著風雪出來覓食的往往是餓極的虎豹。我不能行動，沒有一點自保能力，一把軍刀能幹什麼？」

「我會做陷阱，而且我現在武功大進了，可不會像以前一樣，連桀犬都打不過。」

孟玨微笑地凝視著她，溫和地說：「我知道。等天亮了，我們看看能不能設陷阱捉幾隻鳥。」

「好！」雲歌的沮喪消散了幾分，身子往樹上靠了靠，閉著眼睛睡起來。由於太過疲憊，雖然身上寒冷，肚子餓，可還是沉沉地睡了過去。

孟玨一直凝視著她，看她睡熟了，慢慢挪動著身體，將裹在身上的狐狸斗篷扯出來，蓋在了她身上。雲歌人在夢中，咳嗽聲卻不間斷，睡得很不安穩。孟玨神情黯然，輕輕拿起她的手腕，把脈診斷，又在心中默記著她咳嗽的頻率和咳嗽的時辰。

半夜裡，又飄起雪花來，天氣越發寒冷。

天還未亮，雲歌就被凍醒了，睜眼一看，瞪向了孟玨。

孟玨微笑著說：「我剛醒來，看妳縮著身子，所以……不想妳這麼快就醒了，倒是多此一舉了。」

「你以後少多事！惹火了我，我就把你丟到雪裡去餵老虎！」雲歌警告完了，抓起一把雪擦臉，凍得齜牙咧嘴的，人倒是澈底清醒了。

「我們繼續走，順便找找小動物，再找找山洞。我身上有火絨，有了山洞我們就可以烤肉吃了。」

大雪好似讓所有的動物都失蹤了。

雲歌雖然邊走邊留意，卻始終沒有發現任何動物的蹤跡。不過在孟玨的指點下，她爬到樹上，掏了幾個松鼠的窩，雖沒抓到松鼠，可弄了一小堆松果和毛栗子，兩人算是吃了一頓勉強充饑的中飯。

本來食物就少得可憐，孟玨還特意留了兩個松果不吃，雲歌問：「你留它們做什麼？」

孟玨微笑著將松果收好，「到時候，妳就知道了。」

雲歌想了想，明白過來，猛地敲了下自己的腦袋，氣鼓鼓地背起孟玨就走。

孟玨笑著說：「妳沒想到，不是妳笨，誰第一次就會呢？我也是為了生存，才慢慢學會的。」

雲歌默默地走了好一會兒，突地問：「你小時候常常要這樣去尋找食物嗎？連松鼠的食物都……都吃。」

孟玨雲淡風輕地說：「就一段時間。」

雲歌走過荒漠，走過草原，爬過雪山，翻過峻嶺，對她而言，野外的世界熟悉親切、充滿樂趣，可現在才知道她並沒有真正瞭解過這個殘酷世界，在父母兄長的照顧下，所有的殘酷都被他們遮去，她只看見了好玩有趣的一面。

經過一處已經乾枯的矮灌木叢時，孟玨突然貼在雲歌耳畔小聲說：「停，慢慢地爬下去。」

雲歌不知發生了什麼事情，全身緊張，屏息靜氣地緩緩蹲下，伏在了雪地上。

孟玨將備好的松子一粒粒地扔了出去，由遠及近，然後他向雲歌做了個勾手的姿勢，示意她靠近他，雲歌忙把頭湊過去，以為他要說什麼，他卻伸手去摘她耳朵上的玉石墜子，雲歌立即反應過來，忙把另一只也摘下，遞給孟玨。

等了很久，都沒有任何動靜，眼看著松子就要全被雪花覆蓋，雲歌疑問地看向孟玨，孟玨只點了下頭，雲歌就又全神貫注地盯向了前方。

冰天雪地裡，身上冷，肚子餓，這樣一動不動地趴在雪中，實在是一種堪比酷刑的折磨，更何況孟玨還身受重傷。不過孟玨和雲歌都非常人，兩人很有耐心地靜等，雪仍在落著，漸漸地，已經看不出還有兩個人。

一隻山雉從灌木叢中鑽了出來，探頭探腦地觀察著四周，小心翼翼地刨開雪，尋找著雪下的松子，剛開始，牠只吃一顆松子，警覺地查視一下周圍，可一直都沒有任何異常的聲音，牠漸漸放鬆了警惕。

大雪將一切食物深埋在了地下，牠已經餓了很久，此時再按捺不住，開始急速地刨雪，尋找松子。

孟玨屏住一口氣，施力於手腕，將雲歌的玉石耳墜子彈了出去，兩枚連發，正中山雉頭顱，山雉短促地哀鳴了一聲，倒在雪地裡。

雲歌「嘩」的歡叫一聲，從雪裡蹦起來，因為趴得太久，四肢僵硬，她卻連活動手腳都顧不上，就搖搖晃晃地跑去撿山雉。從小到大，打了無數次獵，什麼珍禽異獸都曾獵到過，可這一次，這隻小小的山雉是她最激動的一次捕獵。雲歌歡天喜地的撿起山雉，一面笑，一面和孟玨說：「你的打獵手段比我三哥都高明，你和誰學的？」

孟玨很久沒有見過雲歌笑著和他說話了，有些失神，恍惚了一瞬，才說道：「人本來就是野獸，這些東西是本能，肚子餓極時，為了活下去，自然而然就會了。」

雲歌呆了一下，說不清楚心裡什麼滋味，去扶孟珏起來，孟珏見她面色憔悴，說道：「這裡正好有枯木，又是白天，火光不會太明顯，我們就在這裡先把山雉烤著吃了，再上路。」

雲歌點了點頭，把孟珏背到一株略微能擋風雪的樹下，安頓好孟珏後，她去收拾山雉，將弄乾淨的山雉放在一邊後，又去準備生篝火，正在撿乾柴枯木，忽然聽到腳步聲和說話聲傳來，她驚得立即扔掉柴禾，跑去背孟珏，「有士兵尋來了。」

她背好孟珏就跑，跑了幾步，卻惦記起他們的山雉，想回頭去拿，可已經看到士兵的身影在林子裡晃，若回去，肯定會被發現。雲歌進退為難地痛苦：想走，實在捨不得那隻山雉，想回，又知道背著孟珏，十分危險。她腳下在奔，頭卻一直扭著往後看。

孟珏忽地笑了，「不要管牠了，逃命要緊！」

雲歌哭喪著臉，扭回了頭，開始用力狂奔，一邊奔，一邊還在痛苦，嘴裡喃喃不絕地罵著士兵，罵著老天，罵著劉詢，後來又開始怨怪那隻山雉不好，不早點出現讓他們捉，讓他們吃。

忽聽到孟珏的輕笑聲，她氣不打一處來，「你笑個鬼！那可是我們費了老大工夫捉來的山雉，有什麼好笑的？」

孟珏咳嗽了幾聲，笑著說：「我在笑若讓西域人知道曜的妹妹為了隻山雉痛心疾首，只怕他們更願意去相信雪山的仙女下凡了。」

雲歌愣了一下，在無比的荒謬中，先是生了幾分悲傷，可很快就全變成了好笑，是呀！只是一隻瘦骨嶙峋的山雉！她一邊背著孟珏跑，一邊忍不住地嘴角也沁出了笑意。

孟珏聽到她的笑聲，微笑著想，這就是雲歌！

身後追兵無數，肚內空空如也，可兩個人都是邊逃邊笑。

孟玨和雲歌，一個是走過地獄的孤狼，一個是自小遊蕩於山野的精靈，追兵雖有體力之便，但在大山中，他們奈何不了這兩個人，很快，雲歌和孟玨就甩掉了他們。

但久未進食，天還沒黑，雲歌已經走不動了，雖然知道追兵仍在附近，可兩人不得不提早休息。

雲歌放孟玨下來時，孟玨的一縷頭髮拂過雲歌臉頰，雲歌一愣間，隨手抓住了他的頭髮，「你的頭髮……」孟玨的頭髮烏黑中夾雜著斑駁的銀白，好似褪了色的綢緞。

「我七八歲大的時候，頭髮已經是半黑半白，義父說我是少年白髮。」孟玨的神情十分淡然，似乎沒覺得世人眼中的「妖異」有什麼大不了，可凝視著雲歌的雙眸中卻有隱隱的期待和緊張。

雲歌沒有任何反應，放下了他的頭髮，一邊去砍松枝，一邊說：「你義父的製藥手藝真好，一點都看不出來你的頭髮本來是白色的。」

孟玨眼中的期冀散去，他低垂了眼眸淡淡地笑著。很久後，他突然問：「雲歌，妳在大漠中第一次見到劉弗陵時，他說的第一句話是什麼？」

雲歌僵了一瞬，側著腦袋笑起來，神情中透著無限柔軟，回道：「就兩個字，『趙陵』，他不喜歡說話呢！」

孟玨微笑著閉上了眼睛，將所有的痛楚苦澀都若無其事地關在了心門內，任內裡千瘡百孔、鮮血淋漓，面上只是雲淡風輕的微笑。

雲歌以為他累了，鋪好松枝後，將斗篷裹到他身上，也蜷著身子睡了。

半夜裡，雲歌睡得迷迷糊糊時，忽覺得不對，伸手一摸，身上裹著斗篷，她怒氣沖沖地坐起來，

準備聲討孟珏，卻看孟珏臉色異樣的紅潤。她忙探手去摸，觸手處滾燙。

「孟珏！孟珏！」

孟珏昏昏沉沉中低聲說：「很渴。」

雲歌忙捧了一把乾淨的雪，用掌心的溫度慢慢融化，將水滴到他嘴裡。

雲歌抓起他的手腕，把了脈，神色立變，伸手去檢查他的身體，隨著檢查，她的臉色越來越難看。

從懸崖上摔下時，他應該試圖用背化解過墜力，所以內臟受創嚴重，再加上沒有及時治療和休養，現在的症狀已是岌岌可危。

孟珏雖然一聲不吭，可身子不停地顫抖，肯定很冷。

雲歌用斗篷裹好他的身體，考慮到平躺著能最大限度地減少傷情繼續惡化，她拿出軍刀去砍木頭、藤條，爭取趕在追兵發現他們前，做一個木筏子，拖著孟珏走。

孟珏稍微清醒時，一睜眼，看到鉛雲積墜的天空在移動，恍惚了一瞬，才明白不是天動，而是自己在動。雲歌如同狗兒拖雪橇一樣，拖著木筏子在雪地上行走，看來她已經發覺他的內傷。

「雲歌，休息一會兒。」

「我剛才做木筏子時，聽到人語聲，他們應該已經追上來了，我想趕緊找個能躲藏的地方。」

在木筏的慢慢前行中，孟珏只覺得身子越來越冷，陰沉的天越墜越低，他的思緒晃晃悠悠地似回到很久以前。

也是這樣的寒冷，也是這樣的饑餓，那時候他的身後只有一隻狼，這一次卻是無數頭「狼」，那時候他能走能跑，這一次卻重傷在身。可這一次，他沒有絲毫的憤怒、絕望、恐懼，即使天寒地凍，他的心仍是溫暖的，他可以很平靜快樂地睡著……

「孟玨！孟玨！」

孟玨勉強地睜開眼睛，看到雲歌的眼中全是恐懼。

「孟玨，不許睡！」

他微微地笑起來，「我不睡。」

雲歌很溫柔地說：「我們馬上就會找到一個山洞，我會生一堆好大的火，然後抓一隻兔子，你要睡著了，就沒有你的份了。不要睡，答應我！」

孟玨近乎貪婪地凝視著她的溫柔，「我答應妳。」

雲歌拖著木筏繼續前進，一邊走一邊不停地說著話，想盡辦法，維持著孟玨的神志，「孟玨，你給我講個故事，好不好？」

「嗯。」

她等了一會兒，身後卻寂然無聲。

「講呀！你怎麼不講？你是不是睡著了？」雲歌的聲音有了慌亂。

「沒有。」微弱卻清晰的聲音從她身後傳來，「我只是在想該如何開頭。」

「什麼樣子的故事？」

「一個男孩子和一個女孩子的故事。」

「那你就從最最開始的時候講起。」

「很久很久以前，有一個很快樂很富裕的家庭，父親是個不大卻也不小的官，母親是一個美麗的

異族女子，家裡有兩個兄弟，他們相親相愛。突然有一天，父親的主人被打成亂黨，士兵要來拘捕他們，母親帶著兩個兄弟匆匆出逃。」

「父親呢？」

「父親去保護他的主人了。」

「他不保護妻兒嗎？」

「他是最忠心的人，在他心中，國第一、家第二，主人才是最重要的。」

「後來呢？」

「後來，這個異族女子帶著兩個幼兒尋到了夫君，雖然危險重重，但一家人重聚，她只有開心。」

「大難重逢，當然值得開心。」

「這個父親的主人有一個孫子，年紀和兩兄弟中的幼弟一般大小。這位父親為了救出主人的孫子，決定偷梁換柱，用自己的幼兒冒充對方。主人的孫子活了下來，那個幼弟卻死在了天牢裡。他的母親憤怒絕望下帶著他離開了他的父親，沒有多久傳來消息，他的父親為了保護主人而死，走投無路的主人自盡而亡。」

「後來呢？那個男孩子呢？還有他的母親。」

「主人雖然死了，但還有無數人怕死灰復燃，他們在暗中追殺著主人的部下，有一夥人追上了他們，這個堅強的異族女子為了保護自己的兒子，準備以身誘敵，她在臨走前，把一柄匕首和身上僅剩的食物塞到兒子手裡，對他說『你若是我的兒子，你就記住，我不要你今日來救我，我只要你將來為我復仇！』，『記住！吃掉食物！活下去為我報仇！』敵人為了查問出有關主人和父親的一切，酷刑逼供女子，女子隻字不吐。這個女子被最殘酷的方法折磨了一天，最後被折磨而死。她的兒子就藏在不遠處的一株大樹上，親眼目睹了一切。等所有人走後，他跪在母親的屍身前，將母親給他的食物一口口吃下，因為這樣，他才能有力氣把母親掩埋了。他一聲未哭，他的眼淚早已乾涸，只是從那之後，他就失去了味覺，再嚐不出任何味道。」

雲歌的聲音暗啞艱澀，「後來這個男孩子遇見了一個很好很好的人，這個人收男孩做了義子，傳授他醫術、武功，男孩後來回到了長安，他出生的地方……」

孟玨似乎想笑，卻只發出一聲輕微的吸氣聲，「還沒有講到那裡。後來這個男孩子一路歷盡艱險，逃往母親的故鄉。因為不敢走大路，他只能撿最偏僻的荒野行走，常常幾天吃不到一點東西，一兩個月吃不到一點鹽，又日日驚慌恐懼，他的頭髮在那個時候開始慢慢變白。」

孟玨停了下來，似乎要休息一下，才能有力氣繼續。雲歌聽得驚心動魄，一口氣憋在胸間，一句話都說不出來。

「很多時候，死亡真的比生存簡單許多、許多！」孟玨的語氣中有沉重的嘆息，「好幾次他都想放棄掙扎，一死了之，可母親的話總是響在耳邊，他還沒有做到母親讓他做的事情，所以每一次他都掙扎著活了下來。當他終於到了母親的故鄉時，他發現，在那裡他被叫作『小雜種』。一場戰亂後，他離開了母親的故鄉，開始四處流浪。有一天，一個賭客贏錢後心情好，隨手賞了他一枚錢，那個地頭上的乞丐不滿，將他帶到樹林中，毆打他。他早已經習慣拳腳加身的日子，知道越是反抗越會挨打，索性一動不動任由對方打，等他們打累了，也就不打了。這個時候，他突然聽到了清脆的說話聲，就像草原上的百靈鳥一樣。百靈鳥請乞丐們不要再打這個男孩子，乞丐們當然不會聽她的，這隻百靈鳥就突然變成了狼，乞丐們被她嚇跑了，後來……」

孟玨深埋在心底多年的話終於說了出來，一直以來念念於心的事情終於做到，精神一懈，只覺得眼皮重如千斤，直想闔上。

「後來……他看見原來是隻綠顏色的百靈鳥，這隻綠色的百靈鳥送給了他一隻珍珠繡鞋，他本來把它扔了出去，可後來又撿了回來。百靈鳥說……說『你要用它去看大夫。』可即使後來快餓死的時候，他都沒有把珍珠繡鞋賣掉。他一直以為是因為自己不想接受百靈鳥的施捨，想等到將來有一天，親手把珍珠繡鞋扔還給她，可是不是的……雲歌，我很累，講不動了，我……我休息一會兒。」

雲歌的眼淚一顆又一顆地沿著面頰滾下，「我還想聽，你繼續講，我們就快走出山谷，我已經看到山壁了，那裡肯定會有山洞。」

他已經很累很累，可是他的雲歌說還要聽。

「他有了個結拜哥哥，又遇見了一個很好……很好的義父，學會了很多東西……無意中發現……義父竟知道小百靈鳥，他很小心……很小心打聽著百靈鳥的消息……在百靈鳥的心中，從不知道他的存在……從不知道他的存在……」孟玨微笑起來，「可他知道百靈鳥飛過的每一個地方……他去百靈鳥家裡提親，他以為他一點都不在乎，可他是那麼緊張，害怕自己不夠出眾，不能讓百靈鳥看上，可百靈鳥卻見都不肯見他，就飛走了……所以他就追著百靈鳥……」

混沌中，思索變得越來越艱難，只覺得一切都變成了一團黑霧，捲著他向黑暗中墜去。

「孟玨！孟玨！你答應過我，你不睡的！」

她用力搖著他的頭，一顆顆冰涼的水滴打在他的臉上，黑霧突地散去了幾分。

「我不睡，我不睡，我不睡……」他喃喃地一遍遍對自己說，眼睛卻怎麼睜也睜不開。他的身體冰涼，額頭卻滾燙。沒有食物、沒有藥物，他的身體已經沒有任何力量對抗嚴寒和重傷。

雲歌將他背起，向山上爬去。

雖然沒有發現山洞，卻正好有幾塊巨石相疊，形成了一個狹小的空洞，可以擋住三面的風。她將他放進山洞，匆匆去尋找枯枝，一會兒後，她抱著一堆枯木萎枝回來，一邊點火，一邊不停地說話：「孟玨，我剛抽枯枝時，發現雪下有好多毛栗子，全掃回來了，過會兒我們可以烤栗子吃。」

火生好後，雲歌將孟玨抱到懷裡，「孟玨，張開嘴巴，吃點東西。」她將板栗一顆顆餵進他嘴裡，他嘴唇微顫了顫，根本沒有力氣咀嚼吞咽，只有一點若有若無的聲音，「不……睡……」

她去探他的脈，跳動在漸漸變弱。

如宇宙的洪荒，周圍沒有一點光明，只有冰冷和漆黑。瀰漫的黑霧旋轉著欲將一切吞噬。孟玨此時全靠意念苦苦維持著靈台最後一點的清醒，可黑霧越轉越急，最後一點的清醒馬上就要變成粉齏，散入黑暗。

突然間，一股暖暖的熱流衝破了黑霧，輕柔地護住了他最後的清醒。四周仍然是冰冷黑暗的，可這團熱流如同一個小小的堡壘，將冰冷和黑暗都擋在了外面。

一個小小的聲音隨著暖流沖進了他的神識中，一遍遍地響著，「孟玨，你不可以死！你不能丟下我一個人！你不能又食言，你這次若再丟下我跑掉，我永不再相信你。」

他漸漸地聞到瀰漫在鼻端的血腥氣，感覺到有溫暖的液體滴進嘴裡，吃力地睜開眼睛，一個人影從模糊漸漸變得清晰。她的手腕上有一道割痕，鮮紅的液體正一滴滴從她的手腕落入他的口中。

他想推開她，全身卻沒有一絲力氣，只能看著那一滴滴的鮮紅帶著她的溫暖進入他的身體。她珠淚簌簌，有的淚滴打在了他的臉上，有的落在了他的唇上。

他的眼中慢慢浮出了淚光，當第一顆眼淚無聲地落下時，如同盤古劈開宇宙的那柄巨斧，他的腦中轟然一陣巨顫，嘴裡就突然間充滿了各式各樣怪異的味道。

是……是……這是甜！

腥……腥味……

淚的鹹……

還有……澀！

已經十幾年空白無味的味覺，竟好似剎那間就嚐過了人生百味。

「雲歌，夠了！」

滿面淚痕的她聽到聲音，破顏為笑，笑了一瞬，卻又猛地背轉了身子，一邊匆匆抹去淚痕，一邊拿了條手帕將傷口裹好。

她把先前剝好的栗子餵給孟玨，眼睛一直不肯與他視線相觸，一直游移在別處。孟玨卻一眨不眨地凝視著她，栗子的清香盈滿口鼻，讓他只覺得全身上下都是暖洋洋的。

烤好的栗子吃完後，她拿樹枝把火裡的栗子撥出來，滾放到雪上，背朝著他說：「等涼了，再剝給你吃。」

「雲歌。」

孟珏叫她，她卻不肯回頭，只低頭專心地弄著栗子。

「因為娘臨去前說的話，我一直以為娘要我去報仇，可後來……當我搖著妳肩膀告訴妳，讓妳來找我復仇時，我才明白娘只是要我活著，她只是給我一個理由讓我能在絕望中活下去。她臨死時指著的家鄉方向，才是她真正的希望，她想要兒子在藍天下、綠草上，縱馬馳騁、快意人生，她大概從沒希望過兒子糾纏於仇恨。」

雲歌將一堆剝好的栗子用手帕兜著放到他手邊，「你給我說這個幹什麼？我沒興趣聽！」

他拽住了她的手，「當日妳來找我請義父給皇上治病時，我一口回絕了妳，並不是因為我不肯，而是義父早已過世多年，我永不可能替妳做到。我替皇上治病時，已盡全力，自問就是我義父在世，單論醫術也不可能做得比我更好。有些事情是我不對，可我心中的感受，只望妳能體諒一二。」

雲歌抽手，孟珏緊握著不肯放，可他的力氣太弱，只能看著雲歌的手從他掌間抽離。

「這些事情，你不必再說了，我雖然討厭你，可你盡心盡力地給他治過病，我還是感激你的。」

雲歌坐到了洞口，抱膝望著外面，只留給了孟珏一個冰冷的背影。不知何時，雪花又開始簌簌而落，北風吹得篝火忽強忽弱。

「霍光先立劉賀為帝，又扶劉詢登基，如果劉弗陵有子，那他就是謀朝篡位的逆臣，無論如何，他都不會讓這個孩子活著的。我當時根本不知道妳和霍光的關係，可即使知道又能如何？在無關大局的事情上，霍光肯定會順著妳、依著妳，但如果事關大局，他絕不會心軟，妳若信霍光，我們豈會在這裡？妳的兄長武功再高強，能打得過十幾萬羽林營和禁軍嗎？在孩子和妳之間，我只能選擇妳！這

件事情我不後悔，如果再選擇一次，我還是選妳。可雲歌，我求妳原諒我的選擇。我不能抹去妳身上已有的傷痕，但求妳給我一次機會，讓我能陪著妳尋回丟掉了的笑聲。」

即使落魄街頭、即使九死一生，他依然桀驁不馴地冷嘲蒼天，平生第一次，他用一顆低到塵埃中的心，訴說著濃濃祈求。

回答他的只有一個沉默冰冷的背影。

心，在絕望中化成了塵埃。五臟的疼痛如受車裂之刑，一連串的咳嗽聲中，他的嘴裡湧出濃重的腥甜。

風驀地大了，雪也落得更急了。

呼嘯著的北風捲著鵝毛大雪在山林間橫衝直撞，雲歌拿起軍刀走入了風雪中，「你把栗子吃了。我趕在大雪前，再去砍點柴火。」

「是不是我剛才死了，妳就會原諒我？」

冷漠的聲音，從一個對他而言遙不可及的地方傳來。

「如果你死了，我不但恨你今生今世，還恨你來生來世。」

雲歌剛出去不久，又拎著軍刀跑回來，「他們竟冒雪追過來了。」

孟珏立即將一團雪掃到篝火上，滋滋聲中，世界剎那黑暗。

「還有多遠？」

「就在山坡下，他們發現了我丟棄的木筏子，已經將四面包圍。」雲歌的聲音無比自責。可當時的情況，孟玨奄奄一息，她根本沒有可能慢條斯理地藏好木筏子，再背孟玨上山。

孟玨微笑著，柔聲說：「過來。」

雲歌愣了愣，走到孟玨身邊蹲下。他將一個柔軟的東西放在她手裡，「過會兒我會吸引住他們的注意，妳自己離開，沒有了我，憑妳的本事，在這荒山野林，他們奈何不了妳。」

雲歌看都沒看的把東西扔回給他，提著軍刀坐到了洞口。

「雲歌，聽話！妳將我從山崖下救到此處，我們已經兩不相欠。」

不管孟玨說什麼，雲歌只是沉默。

風雪中，士兵們彼此的叫聲已經清晰可聞，此時，雲歌即使想走恐怕也走不了了。

孟玨掙扎著向她爬去。

雲歌怒聲說：「你幹什麼，回去！」

孟玨抓住了她的胳膊，一雙眼睛在黑暗中清亮如寶石，光輝熠熠，「雲歌！」

雲歌掙扎了一下，竟沒有甩脫他的手。

「我不需要妳為我手染鮮血。」

他的另一隻手中握著一隻小小的蔥綠珍珠繡鞋，上面綴著一顆龍眼大的珍珠，在黑暗中發著晶瑩的光芒，雲歌呆呆地看著那隻繡鞋，早已遺忘的記憶模模糊糊地浮現在眼前。

氈帽拉落的瞬間，一頭夾雜著無數銀絲的長髮直飄而下，桀驁不馴地張揚在風中。

「雲歌，長安城的偶遇不是為了相逢，而是為了重逢！」

往事一幕幕，她心中是難言的酸楚。

人語聲漸漸接近，有士兵高叫：「那邊有幾塊大石，過去查一下。」

孟玨將軍刀從雲歌手中取出，握在了自己手裡，掙扎著挺直了身子，與雲歌並肩而坐，對著外面。

北風發著「嗚嗚」的悲鳴聲，狂亂地一次又一次打向亂石，似想將巨石推倒。鵝毛般大的雪花，如同天宮塌裂後的殘屑，嘩嘩地傾倒而下。天地紛亂慘白，似乎下一瞬就要天傾倒、地陷落。

縱然天塌地裂，她為他孤身犯險，對他不離不棄，此生足矣！

第五十一章

多情總為無情惱

鏡中陌生的自己，原來也是嫵媚嬌俏的。
那個人是她的夫，她以為他要的是相濡以沫，
從未想到，有一日她也會成為「以色事人」者。

許平君從驪山回長安後，先直奔霍府。

霍府的人看見皇后娘娘突然駕臨，亂成了一團。許平君未等他們通傳，就闖進了霍光住處。霍光仍在臥榻養病，見到許平君，立即要起來跪迎。許平君幾步走到他榻前，阻止了他起身。一旁的丫頭趕忙搬了個坐榻過來，請皇后坐。

「霍大人可聽聞了孟大人的事情？」

霍光看了眼屋中的丫頭，丫頭們都退出屋子。

霍光嘆道：「已經聽聞，天妒英才，實在令人傷痛。」

「雲歌獨自闖入深山去尋孟大人了。」

霍光這才真的動容，「什麼？這麼大的雪孤身入山？她不要命了嗎？」

「這是雲歌拜託本宮帶的話，本宮已經帶到。」許平君說完，立即起身離開了霍府。

霍光靠在榻上，閉目沉思，半晌後輕嘆了口氣，命人叫霍禹、霍山和霍雲來見他。

「禹兒，你們三人一同去向皇上上書，就說『突聞女婿噩耗，又聞女兒蹤跡不明，老父傷痛欲絕，病勢加重。身為人子，理盡孝道，為寬父心，特奏請皇上准臣等入山尋妹。』皇上若推辭，你們就跪著等他答應。」

霍雲不太願意地說：「之前對孟玨退讓是因為不想他完全站到皇上一邊，可皇上畢竟年輕，急怒下亂了方寸，竟開始自毀長城，正是我們求之不得的事啊！我們作壁上觀，坐收漁翁之利不是更好？」

霍山也滿臉的不情願，「雲歌這丫頭偷了我的令牌，我還沒找她算帳呢！還要為她跪？我不去！她又不是真正的霍家人。」

「你……」霍光咳嗽起來，霍禹忙去幫父親順氣，「爹放心吧！兒子和弟弟們立即進宮求見皇上。爹安心養病，雲歌的事情就不用擔心了，我們三個一起去，皇上不敢不答應的。」

霍光頷了首，霍禹三人正要出門，門外響起霍成君的聲音。

「不許去！」

她走到霍光榻前跪下，霍光忙要閃避，「成君，妳如今怎可跪我？」又對霍禹他們說：「快扶你們妹妹起來。」

霍成君跪著不肯起來，「雲歌和我，爹爹只能選擇一個。爹若救她，從此後就只當沒生過我這個不孝的女兒。」她語氣鏗然，屋裡的人都被唬得愣住。

霍光傷怒交加，猛烈地咳嗽起來，霍禹急得直叫：「妹妹！」

霍成君卻還是跪著一動不動。

霍光撫著胸說：「他們不知道雲歌的身分，妳可是知道的，妳就一點不念血緣親情嗎？」

「雲歌她念過嗎？明知道許平君和我不能共容，她卻事事維護許平君！明知道太子之位對我們家事關重大，她卻處處保護劉奭！明知道皇上是我的夫君，她卻與皇上做出苟且之事！明知道劉賀與我們家有怨，她卻盜令牌放人！這次她敢盜令牌救人，下次她又會做什麼？爹爹不必再勸，我意已決，從今往後，霍家有她沒我，有我沒她！」

霍光盯著女兒，眼中隱有攝人的寒芒，霍禹三人嚇得跪在地上，頭都不敢抬，霍成君卻昂著頭，毫不退讓地看著父親。

半晌後，霍光朝霍成君笑著點頭，「我老了，而你們都長大了。」轉了個身，面朝牆壁躺下，「你們都出去吧！」語聲好似突然間蒼老了十年。

霍成君磕頭：「謝謝爹爹，女兒回宮了。」

幾人走出屋子後，霍山笑著問霍成君，「雲歌究竟是什麼人？不會是叔叔在外面的私生女兒吧？」

霍成君笑吟吟地說：「二哥倒挺能猜的。管她是什麼人呢！反正從今天起，她和我們再無半點關係。」

霍山點著頭，連連稱好。

霍禹冷著臉說：「娘娘，臣就送到此處，先行告退。」

霍成君委屈地叫：「大哥，雲歌和我們結怨已深，你又不是不知道，難道你也幫著她嗎？」

「雲歌的生死，我不關心，可父親臥病在榻，身為人子，妳剛才做的，過了！」

霍禹大步流星地離去，霍成君臉色青一陣，紅一陣，突地扭頭，快步跑出了霍府。

剛出霍府就有人迎上來，她一邊上馬車，一邊問：「皇上知道雲歌闖山了嗎？」

「剛知道。」

霍成君身子一滯，屏著呼吸，悠悠地問：「皇上什麼反應？」

「皇上十分惋惜，感嘆孟大人夫婦伉儷情深，加派了兵力，希望還來得及搜救到孟夫人。」

霍成君長長地出了口氣，全身輕快地坐進了馬車，舒暢地笑起來。看來劉詢這次動了真怒，殺心堅定，雲歌也必死無疑了。

許平君回宮後，立即命人準備香湯沐浴，傳來宮裡最巧手的老宮女，幫她梳起最嫵媚的髮髻，又讓宮女們把所有衣裙拿出來，挑出最嬌俏的。裝扮妥當後，所有宮女都稱讚皇后姿容明麗。

鏡中陌生的自己，原來也是嫵媚嬌俏的。

那個人是她的夫，她以為他要的是相濡以沫，從未想到，有一日她也會成為「以色事人」者。

窈窕的身影穿行過漫天風雪，飛揚的裙帶勾舞著迷離冶豔。

劉詢抬頭的一瞬，只覺得素白的天地頓成了落日時的紫醉金迷。明媚豔麗，令人不能移目，可心裡卻莫名地驟然一痛，未及深思，柔軟的身體恍似怕冷一般縮到了他懷裡，「皇上可受驚了？」

仍帶著沐浴後的清新，他不禁頭埋在她的脖子間深深嗅著，她畏癢地笑躲著。他因生病已禁房事多日，不覺情動，猛地抱起了她向內殿行去。

鮫綃帳裡春風渡，鴛鴦枕上紅淚濕。

他熱情似火、輕憐蜜愛；她曲意承歡、婉轉迎合。

她將他心內的空洞填滿，他卻讓她的心慢慢裂開。

雲雨緩收，風流猶存。

她在他懷裡軟語細聲，過往的點滴趣事讓他笑聲陣陣，笑聲表達著他的歡愉。

當「雲歌」二字時不時融在往事中時，他仍在笑，可笑聲已成了掩飾情緒的手段。

許平君含淚央求：「皇上派的人應該妥當，可臣妾實在放心不下雲歌，求皇上派雋不疑大人負責此事。」

劉詢凝視著她，笑起來，起身穿好衣服，欲離開。許平君抓住了他的衣袍，跌跌撞撞地跪在他的腳下，「皇上，臣妾求您！臣妾求您！看在過往的情分上，派雋不疑去搜救。」

看著她陌生的嫵媚俏麗，劉詢一直壓抑著的怒火突然迸發。事不過二！雲歌愚他一次，連她也敢再來愚弄他！

「妳是為雲歌而求？還是為孟玨所求？」

「臣妾……臣妾同求。」

劉詢腳下使力，踢開了她的手，譏嘲道：「孟玨和妳還真是好搭檔。」

許平君愕然不解，心中卻又迷迷濛濛地騰起涼意，她爬了幾步，又拽住了劉詢的衣袍，「孟玨與臣妾是好朋友，孟玨自和皇上結識，一直視皇上為友，他為虎兒所做的一切，皇上也看在眼裡，求皇

上開恩！」

劉詢冷笑著說：「朕看在眼裡的事情很多，妳不必擔心朕已昏庸！妳以為我不知道孟玨在背後搗的鬼嗎？他將我害進大牢，差點取了我的性命，還假模假樣地對我施恩。還有，妳的未婚夫婿歐侯是如何死的？妳要不要朕傳仵作當妳面再驗一次屍？」

她仰頭盯著他，在冷厲的視線中，她的臉色漸漸蒼白，「他……他……他是被我……我剋死的。」

劉詢大笑起來，「他倒也的確算是被妳剋死的，他不該痴心妄想要娶妳，否則也不會因毒暴斃。」

許平君身子簌簌直抖，緊抓著他的衣袍，如抓著最後的浮木，「他……他是中毒而亡？」

劉詢微笑著說：「此事妳比誰都清楚，妳不是不想嫁他嗎？還要問朕？」

她的手從他的袍上滑落，身子抖得越來越急，瑟瑟地縮成一團。

劉詢眼中有恨意，「朕一直以為妳良善直爽，不管妳有多少不好，只這一點，就值得我敬妳護妳，可妳……妳毒殺未婚夫婿在前，計謀婚事在後。」他彎下身子，拎著她問：「張賀為何突然間要來給我說親？我以為的『天作姻緣』只不過是妳的有意謀劃！妳把我當成什麼樣的人？可以任妳擺弄於股掌？劉賀的事情，妳有沒有參與？我雖然知道了妳之前的事情，但想著妳畢竟對朕……」劉詢的胸膛劇烈起伏著，手越掐越緊，好似要把許平君的胳膊掐斷了一般，「……朕也就不與妳計較了！可妳竟敢……妳倒是真幫孟玨，為了孟玨連朕都出賣！」

許平君泣不成聲，身子直往地上軟。

劉詢扔開了她，她就如一截枯木，毫無生氣地倒在地上。劉詢一甩衣袖，轉身出了殿門，七喜匆匆迎上來，「皇上去……」

「擺駕昭陽殿！」

「是！」

不一會兒，宣室殿似已再無他人。寬廣幽深的大殿內，只有一個女子趴在冰冷的金磚地上，間或傳來幾聲哀泣。

何小七輕輕走到殿門口，看著裡面的女子，眼中隱有淚光。他走到她身邊跪下，將一件斗篷蓋在了她身上，扶著她起來，「許姐姐，不要哭了，皇上他已經走了，妳的眼淚傷的只是自己。」

許平君看著他搖頭，眼淚仍在急落，「你現在可願告訴我，你為什麼要做宦官了嗎？」

何小七沒有忍住，眼中的淚滾了下來，他用袖子一把抹去。

「黑子哥他們已經都死了，我若不進來，遲早也……到了這裡，無妻無子，身家性命全繫在皇上身上，皇上也就不怕我能生出什麼事來。」

許平君嘴圓張，眼中全是驚恐的不能相信。

「皇上是皇上，他姓劉名詢，不是我們的大哥，也不會是姐姐認識的病已。」

許平君眼中的「不能相信」漸漸地變成了認命的「相信」，她木然地站起來，走到鏡前坐下，慢慢地梳理著髮髻，慢慢地整理著衣裙。

「小七，霍光有派人來求見過皇上嗎？」

「沒有。」

她眼中有了然的絕望，望著鏡子中的自己，忽地抿唇笑起來。

「小七，你知道嗎？雲歌對我極好，她處處都讓著我、護著我。其實她對病已也有過心思的，可

因為我，她就退讓了。我們被燕王抓住時，她讓我先逃，為了護我，不惜用自己的性命去引開殺手。可我對她並不好，我明知道她對病已的心思，卻故意裝作不知道，她為孟玨傷心時，是最需要人陪伴的時刻，我卻因為一點私心，讓她獨自一人離開長安，連個送行的人都沒有。」

何小七勸道：「只要是人，誰沒個私心呢？雲歌她也不見得對姐姐就沒私心。」

「我知道你們都以為她和劉詢在偷情。」許平君微笑著說：「可我知道她不會，這世上我也許不信自己的夫君，但我信她。」

何小七愣然，傻傻地看著許平君。

「自她和我相識，每一次有了危險，她最先考慮的是我，每一次我面臨困局，也是她伸手相助，雖然她叫我姐姐，其實她才像姐姐，一直照顧著我。這一次我也終於可以有個姐姐的樣子了。小七，我能拜託你件事情嗎？」

「昔日故人均已凋零，只餘你我，姐姐說吧！」

許平君輕聲叮囑完，何小七震驚地問：「姐姐，妳確定？」

「我確定！」

「好！」

許平君見他答應了，向殿外走去。何小七看到她去的方向，忙追出來問：「娘娘不回椒房殿嗎？」

「我去昭陽殿，一切的事情就拜託你了。」

許平君行到昭陽殿外，正對著殿門，跪了下來。殿內立即響起嘈雜聲，霍成君和劉詢已經歇息，聽到動靜，她不悅地問：「怎麼回事？」

服侍她的夏嬤嬤在簾帳外回稟道：「皇后娘娘面朝殿門，跪在了雪地裡。」

霍成君「呀」的一聲，從劉詢懷裡坐了起來，「趕快準備衣裝，本宮去……」

劉詢將她拽回了懷中，「睡覺的時候就睡覺，有人喜歡跪就讓她跪著好了。」

聽到劉詢的話，眾人心裡都有了底，全安靜了下來，該守夜的守夜，該睡覺的睡覺。

霍成君婉轉一笑，似含著醋意地說：「臣妾這不是怕皇上回頭氣消了又心疼嘛！」

劉詢笑著去摟她的腰，「妳明知道朕的心都在妳這裡，還吃這些沒名堂的醋。一曲『折腰』讓朕早為妳折腰！」

霍成君閉上了眼睛，靠在劉詢肩頭，輕聲嬌笑著，心卻不知道怎地就飛了出去，冷雪寒林、懸崖峭壁，只覺得茫茫然，他真的就這麼走了嗎？

劉詢面上好似全不在乎，可胸中怒火中燒，懷中的溫香軟玉、淺吟嬌啼竟只是讓他的心越發空落。

簌簌的雪花不大不小地飄著。

昭陽殿外的屋簷下掛了一溜的燈籠，光線投在飛舞的雪花上，映得那雪晶瑩剔透，襯著黑夜的底色，光影勾勒出的樣子就如一個個冰晶琉璃，一溜看去，隨著屋簷的高低起伏，就如一粒粒琉璃參差不齊地飄浮在半空。

許平君仰頭呆呆地望著昭陽殿，眼中不禁又浮出了淚光。即使這般的美景，他都不會陪她一起欣賞了，縱有良辰美景又如何？

前塵往事斷斷續續地從腦中閃過，只覺得天地雖大，餘生卻已了無去處。歐侯的死，她能全怪孟玨嗎？那般的巧合，她卻簡單地相信是自己命硬，心底深處不是不清楚，她只是不肯去面對心底的陰暗，忽想起張神仙給她算命時說過的話，「天地造化，飲啄間自有前緣」，只覺意味深長，慢慢細品後，一個剎那，若醍醐灌頂，心竟通透了。

若不是深夜，若不是下雪，若不是恰好跪在這裡，哪裡就能看到這般美麗的景致呢？

若不是當年自己強行掬水，何來今日雪地下跪？她今日所遭受的苦楚，比起她害死歐侯的罪孽又算得了什麼？她在當日費盡心機想嫁給劉病已時就已經種下了今日的果。

人生得失看似隨機，其實都是自己一手造成。與其為昨日的因自懲，不如為來日的果修行。

許平君微微的笑著，從頭上拔下簪子，以簪為筆，以雪地為帛，將眼前所看到的「雪殿夜燈圖」勾描出來，一邊畫，一邊凝神想著該做一首什麼樣的詩才能配得起這如夢如幻的景。

清早。

劉詢起身去上朝時，本以為會看到一個神情哀傷悽楚、祈求他回心轉意的人，不料眼前的女子淡然平靜，見到他時，只是深深地埋下頭叩首。她的姿勢卑微謙恭，可他覺得她就如她肩頭的落雪一般清冷乾淨。

他心中只覺煩躁，微笑著，匆匆而去，任她繼續跪著。

他離開不久，劉奭披著個小黑貂斗篷跑來，站到母親身前，替母親把頭頂和身上的落雪一點點拍落，眼淚在眼眶裡打轉，卻一直咬著唇，不肯哭出來。

「娘，妳冷嗎？」

許平君微笑著搖搖頭。

「姑姑能把師傅找回來嗎？一定可以的，對不對？」

許平君想了想說：「娘很想和你說『可以』，但你已經是個小大人了，娘不想哄你，娘不知道。」

劉奭在她面前默默地站了會兒，「娘，我去了。」

「好。」

劉奭咚咚地跑進了昭陽殿，霍成君見到他，立即命人給他寬衣、拿手爐、倒茶、拿點心，使喚得一群宮女圍著劉奭團團轉。

「殿下怎麼突然有空了？」霍成君的目光裡面有狐疑。

劉奭搖著她的胳膊，「娘娘，您一直很疼虎兒，虎兒求您救救母后。母后再跪下去，會得病的。」

霍成君釋然地笑起來，一面拿起個橘子剝給他吃，一面說：「你父皇正在氣頭上，等氣過了，我們就去說幾句軟話，你父皇肯定會原諒皇后娘娘。」

劉奭吞下口中的橘子後，擔心地問：「真的嗎？」

「當然！」

他放下心來，臉上也有了幾分笑意，隨手抓起碟子裡的糕點吃起來，霍成君端了碗熱奶給他，「慢點吃！早上沒有吃早飯嗎？」

劉奭點點頭，「我一起來就聽說母后跪在雪地裡，立即跑過來看。」

霍成君笑問：「你母后怎麼肯讓你來找我？」

「母后……母后……」劉奭低下了頭，吞吞吐吐地說不出話來，好一會兒後才說：「兒臣自己來的，兒臣知道父皇寵愛娘娘，娘娘說的話，父皇應該會聽。」

霍成君看到他的樣子，忽地嘆了口氣，「若我將來的孩子有殿下一半孝順，我就心滿意足了。」

劉奭立即說：「會的，弟弟一定會的。」

老人都說小孩子說的話準，霍成君開心地笑起來，「殿下覺得我會有兒子？」

「嗯！」劉奭很用力地點頭。

霍成君又給他餵了瓣橘子，「等你父皇散朝後，我就去幫你母后求情。」

劉奭給霍成君行禮謝恩後，高高興興地去了。

朝堂上，幾個大臣向劉詢稟奏民生經濟狀況。

劉詢越聽越怒，「什麼叫糧價飛漲？今年不是個豐收年嗎？一斤炭火要一百錢？那是炭火還是金子？」

大臣哆哆嗦嗦地只知道點頭，「是，是，皇上說的是！長安城內不要說一般人家，就是臣等都不敢隨意用炭，為了節省炭，臣家裡已經全把小廚房撤掉了，只用大廚房。」

劉詢氣得直想讓他「滾」，強忍著，命他退下，「雋不疑，你說說，怎麼回事？」

「今年是豐收年，即使因為這幾天大雪成災，運輸不便，導致糧價上漲，但也沒道理瘋漲。據臣觀察，除了糧食、炭火，還有藥材、絲綢在漲，只不過這兩樣東西一時半刻感覺不到而已。」

劉詢點頭，沒有生病的人不會去關心藥價，也沒有人天天去做新衣服。

「這些東西彼此影響，繼續漲下去，只怕會引起民間恐慌，民眾會搶購囤積，一旦發生搶購，物價就會被推得更高。最後的局面就是，不需要糧食和炭火的人庫存充足，而真正需要的人購買不起。根據司天監的預測，今年冬天會大凍，若糧食和炭火不足，就會出現凍死和餓死的人。」

劉詢只覺得腦疼欲裂，「你說的這些朕都知道，你沒說完的話朕也知道，若凍死、餓死的人多了，民間就會有怨言，怪朕昏庸無能。朕想知道的就是為什麼好端端的物價會飛漲？」

「既然糧食本來充足，臣的推斷應該是有人操縱市場，想從中漁利。」

大殿內「嘩」的一聲炸開，嗡嗡聲不絕。

杜延年反駁說：「商人為了利益，囤貨抬價的事情不是沒有發生過，可這次是整個漢朝疆域內的糧食都在漲，還有炭火、藥材、絲綢，哪個商人有這麼大的能耐？」

田廣明譏笑道：「雋大人以為這事我們沒想過嗎？我們正是仔細考慮了才不會胡言亂語，故作驚人之語。難道全漢朝的商人都聯合起來了？那當年秦始皇統一六國還要什麼軍隊？」

劉詢喝道：「都閉嘴。雋不疑，你繼續說。」

「臣想過，並不需要所有商人聯合起來。人都有從眾心理，就如搶購，並不是搶購者真需要，只不過看別人買了，他就也去買。此理放在商人身上也行得通，只要業內的一兩個大商家開始囤貨抬價，清醒的商人為了追逐利益，自然會先握緊手中的貨品，相機而動，眾多的小商人則是看大商家都如此做，一種自然而然的跟隨。」

「如果朕下令發放賑災糧，可會把糧價壓下去？」

「那要看皇上有多少賑災糧，而那些大商家有多少資金，如果他們能把皇上發放的賑災糧通通吸納，皇上的政令只怕於事無補，反倒會引發潛藏的危機。」

劉詢頷首，雋不疑已經點到了他的猶豫之處。邊疆不穩，糧草若不充足，危機更大。他一籌莫展中，一些零零碎碎的東西突然浮現在腦海裡。他曾派人跟蹤孟玨很長一段時間，暗探的回覆常常是「孟玨又去逛街、轉商鋪了」，「什麼都沒買」，「就是問價錢」，「和賣貨的人、買貨的人聊天」。他一直以為孟玨是故作閒適姿態，這一瞬，他卻悟出了「商鋪」、「價格」、「買賣」的重要。

孟玨！

朝臣們看皇上突然臉色鐵青，眼神凌厲，都嚇得跪倒在地，大殿裡立即變得寧靜無比。

眾人提心吊膽地大氣都不敢喘時，外面卻傳來吵鬧聲。

「皇上，皇上，奴才要見皇上。」

宦官鬧著要見駕，侍衛們卻擋著不肯放行。

劉詢大怒，「拖下去，裸身鞭笞！」

侍衛們立即拖著富裕離開，富裕掙扎著大叫：「皇上，太子殿下突然昏迷……皇上……」

劉詢跳了起來，幾步就衝出了大殿，「你說什麼？」

富裕連滾帶爬地跪到劉詢身前，哭著說：「皇上，太子殿下突然昏迷，怎麼叫都叫不醒……」

劉詢未等他說完，就大步流星地向椒房殿趕去。

七喜趕著說：「傳李太醫、吳太醫火速進宮！」

太傅剛去，太子就病？大殿內的大臣你看看我，我看看你，沒一個敢說話，都屏著呼吸，低著頭，悄悄地往外退。

椒房殿內，宦官宮女黑壓壓跪了一地。

劉奭安靜地躺在榻上，臉色烏青，小手緊緊地蜷成一團。

劉詢大慟，厲聲問：「從昨天到今天照顧太子的都是誰？」

兩個宮女和兩個宦官從人群中爬了出來，身子抖得就要軟在地上，上下牙齒打著顫，一個字都說不出來。

兩個太醫大步跑著進來，劉詢顧不上審訊，趕忙讓開。

太醫診了脈，又用銀針探了穴位，兩人暗暗交換了個眼色，彼此意見一致，一個人哆嗦著聲音稟奏道：「應該是吃了不該吃的東西。」

許平君被兩個宦官攙扶著剛剛趕到，看到兒子的樣子，再聽到太醫的話，身子一軟，就往地上栽去，一個太醫又忙去探看皇后。

劉詢的臉色反倒正常起來，異常平靜地問：「太子的病能治好嗎？」

跪在地上的太醫正好能看到劉詢的手，劉詢的雙手一直在顫，太醫的身體也跟著顫起來，「臣……臣盡力！」

劉詢微笑著說：「你最好盡力。」

太醫爬到劉奭身旁，再次搭脈，手卻抖得不成樣子，一口一口地大喘著氣。

正在查看皇后的太醫小小聲地說：「張太醫對疑難雜症獨有心得。」

劉弗陵在位時，張太醫在太醫院位列第一，劉詢登基後，似不喜歡張太醫，一貶再貶，如今人雖還在太醫院，卻只是個負責研磨藥材的雜工。

劉詢立即說：「傳他來。」

不一會兒，張太醫就趕到，他查探完病情後，思量了一瞬，問：「可有綠豆湯？」

一個宦官忙回道：「有！有！」

「立即去抬一大鍋來，掰開殿下的嘴，灌綠豆湯，越多越好。」

一群沒了主意的人都有了主心骨，各就各位地忙碌起來。

劉詢的心稍寬，語聲反倒虛弱下來，「病可以治嗎？」

張太醫恭敬地說：「幸虧太子殿下吃得不多，又發現及時，病情未惡化。先灌些綠豆湯，再吃些藥，休養一段日子，應該就能大好。」

劉詢一直緊繃的身子突地懈了，幾近失力地靠著坐榻，一會兒後，又突地站了起來，對七喜吩咐：「將椒房殿的所有人和御廚都押到刑房，朕親自監審。」

審問了一整日，一個個拿口供，大刑加身，仍沒有發現任何疑點。

劉詢冷笑，「他們都無辜，難不成毒是太子自己吃下去的？」

七喜正準備動用酷刑，富裕突然想起一事，「今天早上太子殿下起身後，奴才正要服侍太子用膳，殿下突然聽聞皇后娘娘跪在昭陽殿外，立即鬧著要去，奴才自然不敢讓殿下去，不想殿下把奴才幾個支開，等奴才們回來時，已經不見殿下蹤影，奴才們立即分頭去尋，看到殿下從昭陽殿出來，手裡好似還拿著瓣橘子……」富裕說著，聲音越來越低，漸漸地沒了。

劉詢一動不動地坐著，只臉色越來越青，半晌後，他問：「這件事情除了你，還有誰知道？」

富裕搖頭，「只奴才知道。」

劉詢又靜靜坐了會兒，站了起來，一句話未說地走出了屋子。

因為宮女、宦官都被拘押了起來，椒房殿內異常冷清。

大概怕驚擾兒子睡夢，許平君只點了一盞小燈。昏黃的燈下，她坐在榻側，一邊繡花，一邊守著兒子。

劉詢站在窗外，呆呆看了許久，只覺得慌亂了一天的心，突然就安寧了下來。

他提步入殿，「醒了嗎？」

許平君立即跪下，恭敬地說：「還沒，不過張太醫說毒已經解了，應該隨時會醒。」

劉詢忽地心頭莫名的煩躁，冷聲說：「妳這個娘做得可真是稱職！」

許平君的臉色蒼白，不停地磕著頭說：「臣妾罪該萬死。」

劉詢只覺厭惡，斥道：「出去！」

許平君忙躬著身子退出了大殿。

劉詢坐在兒子身旁，輕輕撫著兒子的臉，小聲說：「你要嚇死爹嗎？等你醒來，不打你一頓板子，你記不住教訓。下次再敢亂吃，就吊起來打。」

劉奭迷迷糊糊地剛醒來，就聽到父皇說要「吊起來打」，嚇得差點哭出來，「父皇，兒臣……兒臣……知錯……」

劉詢擰著他的臉蛋問：「渾小子，你好好的早飯不吃，為什麼要跑去昭陽殿？」

「兒臣……兒臣請娘娘給母后求情。」

「你不來求我，跑去求她？」

「兒臣……兒臣……他們都說父皇最寵娘娘。」

劉詢氣笑：「他們說的你就全信？」

「可……兒臣看父皇若不在宣室殿歇息，就去昭陽殿，父皇定是常常想念娘娘的。」

劉詢想解釋，卻又不知道該怎麼說，最後只得苦笑著說：「將來有一日，等你做皇上時，也許你就會明白。不過，你應該不會有這樣的煩惱，因為爹會幫你把這樣的人都清除了。」

劉奭似明白非明白地輕輕「哦」了一聲。

劉詢捨不得離開，東拉西扯地問著劉奭話。功課做得如何了，平日間都吃些什麼，身邊使喚的人可都喜歡，有誰對他不好了，劉奭零零碎碎地回答著。不知怎麼的，說起了張良人，劉奭不解地問為何最近一直看不到她，張娘娘性子活潑，最近卻一直待在殿裡不出來，和她交情很好的公孫娘娘怎麼也不去找她玩了。

劉詢詫異，「你怎麼知道公孫長使和張良人關係親密？」

劉奭笑講著他在御花園中的經歷，劉詢的臉色漸漸陰沉。

「霍婕妤到了多久，張良人和公孫長使到的？」

劉奭想了想說：「一小會兒，兒臣剛和娘娘沒說幾句話，張娘娘她們就來了。」

「霍婕妤命你吃點心，你怎麼沒吃？」

「兒臣聽公孫娘娘說她肚子裡面住著個小妹妹，覺得很好玩，就光顧著看她吃了，後來正要吃時，先生突地冒出來，斥罵了我一通，帶著我就要離開。估計娘娘看先生生氣了，不好再留我吃東西玩，就讓我們走了。先生後來罰我抄書，警告我不許亂吃零嘴，還說君子遠婦人，讓我不要去找娘娘她們玩，應該多讀書，多去父皇身邊學習。」

劉詢眼中情緒複雜，臉色越發陰沉。

劉奭低著頭，怯怯地說：「先生他十分嚴格，兒臣平日裡挺不想見他，可沒了他，兒臣又總覺得心裡不安穩，什麼事情都沒有個人給我拿主意。今日早上，我看到母后那樣，著急得沒有辦法才去求娘娘的，兒臣下次再不敢了。父皇，還沒有尋到先生嗎？您再多派些人去尋，好不好？」

劉詢站起來，打算離開，「你好好休息，這兩日的功課可以先放一放。」

「嗯，多謝父皇。」

劉詢彎著身，把劉奭的胳膊放進被子，把被角仔細捏好，摸了摸他的額頭，轉身要走。

「爹……」劉奭突地叫。

劉詢回頭，「怎麼了？」

劉奭看著他發呆，一會兒後說：「爹，外面黑，雪又滑，你小心點。」

劉詢眼中的陰翳剎那間就淡了，笑著說：「知道了。你以為爹是你嗎？睡吧！明天爹再來看你。」

劉詢出殿門時，視線四處一掃，看見個人影縮在暗處，似等他離開後才敢進去，他冷聲說：「以後看緊點，若再有差錯，朕第一個降罪的就是妳。」

人影跪在了地上。

他一甩袖子，出了殿門。

許平君看他走遠了，才站起來，仔細鎖好殿門，進了屋子。

劉奭看到母親，一個骨碌就想坐起來，卻身子發軟，朝後跌去，許平君忙把他抱住，「別亂動，毒剛拔乾淨，身上還沒力氣呢！」

劉奭扯母親的袖子，許平君脫去鞋襪，上了榻。

劉奭靠在母親懷裡，小聲問：「父皇會饒了先生和姑姑嗎？」

「應該會。他一時急怒才想殺你師傅，現在的情況提醒了他，霍光一日未放權，他需要藉助你師傅的地方還很多，他能做的不是發怒，而是隱忍。」

劉奭終於放下心來，喃喃說：「希望師傅能原諒我。」

「虎兒，你為什麼這麼說？你為了救師傅和姑姑，勇敢地吃下毒藥，娘吩咐你小七叔叔去尋毒藥時，還擔心你會害怕，不敢吃，沒想到你這麼勇敢。他只會謝謝你，怎麼會怪你？」

劉奭眼中有淚花，「父皇說是打老虎的，我……我看見他們沒有打老虎，有一群黑衣人圍攻師傅，我該制止他們的，可我害怕得躲起來了。師傅摔下去時，也看見了我，他的樣子好悲傷，他肯定很失望。我是個膽小鬼，看著師傅在自己面前被人殺害……我晚上做夢，看見師傅在生氣……」

許平君緊緊地抱著他，拍著他的背，「不會，不會！你師傅是個最會體諒別人難處的人，娘以前也做過對不起你師傅的事情，可你師傅一點都沒生娘的氣，這次他也一定不會生你的氣。虎兒不是膽小鬼，虎兒很勇敢，我的虎子聰明善良又勇敢。」她的語聲輕柔，想盡力拂去兒子心上的塵埃，卻悲哀地知道，她已經什麼都擦不去，他親眼看到和經歷的一切，將永遠刻在心上。

「我不勇敢，姑姑才勇敢。娘，姑姑知道她救了大公子，爹會很生氣很生氣嗎？」

「她當然知道。」

「可是她一點都不怕，她仍然去救大公子了！」

「對！如果有一天是娘或者你遇險，你姑姑也會什麼都不怕地來救我們。」

劉奭的臉龐煥發出異樣的神采，好似大雪中迷路的人在黑暗陰冷中突然發現火光，「原來書上的話不是假的。娘，我一直以為書上的話全是假的，我一點都不相信，我憎惡討厭所有的書籍和所有的人，什麼仁仁善善，都是假的！最譏諷的就是，明明不相信仁善的一幫人卻還天天期望著我去相信！現在，我知道了，先賢們說的不是假話，他們只不過也在努力追尋，同時努力地說服世人去追尋。」

許平君聽得心驚膽寒，劉奭的不動聲色下竟藏了那麼多的失望和迷茫。日常所見和書籍中所學完全兩樣，他在失望中迷了路，年紀小小就已經不知道自己該相信什麼，又能相信什麼。一個沒有「相信」的人生，她想都不敢想。

劉奭心中積壓的失望和迷茫散去，四肢百骸好似都輕鬆了，濃重的倦意湧上來，閉著眼睛，迷迷糊糊地說：「姑姑有了危險，娘也什麼都不怕地去救她，甚至不怕失去父皇。姑姑很勇敢，師傅很勇

敢，娘很勇敢，虎兒也很勇敢……」唇角含著甜美的笑意，漸漸沉入了睡鄉。

許平君看到他的笑，輕輕在他額頭親了下，也微笑起來。

虎兒，不是娘不怕失去你父皇，而是娘喜歡的那個人早就不見了。等你再長大一點時，娘會給你講娘認識的病已哥哥是什麼樣子，會給你講娘做過的傻事，還會給你講娘、病已、雲歌、孟玨、大公子，講述我們曾經的親密和笑鬧。這世上，時光會改變太多事情，但總有一些人和一些事，只要你相信，就永遠不會變……

劉詢一走出椒房殿，七喜立即迎上來：「皇上，回宣室殿嗎？」

劉詢目光陰沉，卻面容帶笑，「昭陽殿。」走了會兒，又吩咐：「傳朕旨意，賞賜張良人玉如意一對，命她明日晚上準備迎駕。」

「是。皇上，關著的宦官和宮女怎麼處置？椒房殿總要人服侍的。」

「聽到太醫診斷病情的幾個都殺了，其餘的先放了，富裕……」

七喜小心地聽著對富裕的發落，一邊琢磨著哪個宦官能勝任椒房殿總管的職位，可等了半晌，都沒有下文。

「……也放了。」

「是。」七喜很是意外，卻不敢問，只能任不解永沉心底，暗暗地提醒自己以後要對富裕再多一分客氣。

聽到宮女向劉詢請安，霍成君有詫異也有驚喜，「皇上怎麼來了？」

劉詢皺眉說：「妳不希望朕來，那朕去別殿安歇，擺駕……」

霍成君忙拉住了他，嬌聲說：「臣妾不是那個意思。聽聞太子殿下病了，臣妾就想著皇上應該不會來了，臣妾當然希望皇上能日日……」霍成君說著，滿面羞紅。

劉詢把霍成君擁進了懷中，溫柔地笑著。

霍成君一邊細察他神色，一邊小心試探，「聽聞皇上把椒房殿的宮女宦官都拘禁起來了，難道太子的病……」

劉詢眉目間露著幾分疲憊，嘆了口氣，「病倒沒大礙，朕生氣的是一大幫人還照顧不好一個人，所以一怒之下就全關起來了，還殺了幾個。事情過後，卻覺得自己遷怒太過，有些過意不去。」

霍成君心中有嫉妒，有釋然，「皇上是太喜愛殿下了，關心則亂。何況只是幾個奴才而已，皇上也不必太往心上去，給他們一些警告也是好的。」

劉詢笑道：「朕還沒有用膳，去傳膳，揀朕愛吃的做。」

一旁的宮女忙去傳膳，自然少不了皇上愛喝的山雞湯。

劉詢就如天下最體貼的夫君，親手為霍成君夾菜，親手為她盛湯，還怕她燙著，自己先試了一口。霍成君也如天下最溫柔的妻子，為他淨手，為他布菜，為他幸福地笑。

芙蓉帳裡歡情濃，君王卻未覺得春宵短。

天還沒亮，他就起身準備去上朝，霍成君迷迷糊糊地問：「什麼時辰了？」

劉詢的聲音從黑暗中聽來，異常的清醒，「妳再睡一會兒。今年天寒得早，大雪下個不停，恐怕要凍死不少人，朕得及早做好準備，看看有沒有辦法盡量避免少死一些人。」

霍成君聽得無趣，翻了個身，又睡了。

劉詢毫未留戀地出了昭陽殿，邊走邊吩咐：「傳雋不疑、張安世、張賀、杜延年先來見朕。」

見到他們，劉詢第一句話就是「各位卿家可有對策了？」

眾人都沉默，杜延年小聲說：「臣來上朝的路上，已經看見有凍死的人了。看情形，如果雪再下下去，就會有災民陸陸續續來長安。」

劉詢恨聲說：「孟玨！」

眾人還以為他恨孟玨意外身死，以致無人再為他分憂解難，全跪了下去，「臣等無能。」

劉詢問道：「霍大人的病好了嗎？他有什麼對策？」

雋不疑回道：「臣昨日晚上剛去探望過霍大人，還在臥榻休息，言道『不能上朝』。臣向他提起此事，討問對策，他說皇上年少有為，定會妥善解決此事，讓臣不必擔心。」

劉詢閉著眼睛，平靜了一會兒，開始下旨：「開一個官倉，開始發放救災粥，早晚一次，此事就交給杜愛卿了。記住，一定要滾燙地盛到碗裡，插箸不倒！若讓朕發現，有人糊弄朕，朕拿你是問！」

杜延年重重磕頭：「臣遵旨！」

張賀自告奮勇地說：「皇上，臣也去，給杜大人打個下手，至少多一雙眼睛盯著，讓想從中漁利的人少一分機會可乘。」

劉詢幾分欣慰，准了張賀的請求，張賀和杜延年一粗豪一細緻，應該能事半功倍。

「張將軍，從今日起，你每日去探望一次霍大人，務必轉達朕對他的掛慮和思念，盼他能早日康復，儘早上朝。」

張安世只得跪下接旨，攬下了這個精細活。霍光不上朝後，朝堂上的很多官員不是做啞巴就是唱反調，議事往往變成吵架，常常一整天議下來，一個有效的建議都沒提出來。政令推行上就更不用提，皇上縱有再大的心勁，沒人執行，也全是白搭。

等張安世、張賀和杜延年告退後，劉詢對雋不疑吩咐：「你帶人去搜救孟太傅和他的夫人，盡量多帶人手，只要有一線生機，就要把他們救回來。」

事情透著古怪，但雋不疑歷來對皇命「不疑」，只恭敬地說：「臣一定盡力。」

第五十二章 孤鴻語，三生定許，可是梁鴻侶？

為什麼你的眼神這麼悲傷？為什麼？

她一遍遍地詢問，他卻只是沉默、悲傷地凝視著她。

陵哥哥，你是不是也覺得我是個壞人了？

可霍成君殺死了我們的孩子！我沒有做錯！我沒有做錯！

孟玨和雲歌被雋不疑所救，護送回孟府。三月見到孟玨的一瞬，放聲大哭，又跪到雲歌腳前用力磕頭。

雲歌面罩寒霜，輕輕巧巧地閃到了一旁，三月這塊爆炭卻沒有惱，只抹著眼淚，站了起來。

許香蘭看一堆人圍在孟玨身前，根本沒有自己插足的地方，孟玨也壓根不看她一眼，又是傷心又是委屈，低著頭默默垂淚。

雲歌剛想離開，僕人來通報：「皇后娘娘、太子殿下駕臨。」

掌事的人忙去準備接駕，不相干的人忙著迴避。一會兒工夫，屋子就空了下來，只孟玨躺在榻上，雲歌站在門口，許香蘭立在屋子一角，拿著帕子擦眼淚。

許平君帶著劉奭匆匆進來，見到雲歌，一把就抱住了她，「妳總算平安回來了！」

雲歌也緊緊地抱住她，「姐姐！」

雲歌孤身闖雪山，皇后夜跪昭陽殿。其中的驚險曲折不必多說，兩姐妹都明白彼此在鬼門關上走了一趟。

許香蘭嘴微張，呆呆地看著堂姐和雲歌，她們兩個之間有一種親密，好似不需言語就已經彼此明白，一個詞語忽地跳到她腦中——肝膽相照，那本是用來形容豪情男兒的，可此時此刻許香蘭覺得就是可以用在堂姐和雲歌身上。

許平君牽著劉奭就朝孟玨下跪，孟玨急說：「平君，快起來！」覺得叫不動許平君，又忙叫雲歌去扶她。

雲歌站著沒動，等許平君跪下行了一禮後，才伸手扶她起來，「雖有驚有險，不過他還好好地活著，所以姐姐也不必太內疚，劉詢……」看到劉奭，她閉了嘴。

許平君對許香蘭說：「香蘭，妳帶太子殿下去外面玩一會兒。」

早已看得目瞪口呆的許香蘭愣愣地點了頭，牽著太子出了屋子。

雲歌看他們走了，才說：「姐姐不必為劉詢做的事情抱疚。」

許平君微笑著說：「我沒有為他所行抱疚，他所行的因，自有他自己的果，我只是替自己和虎兒謝謝孟大哥一直以來的回護之恩。」

雲歌不能相信地盯著許平君。

許平君在她腦門上敲了下，「妳幹什麼？沒見過我？」

「是沒見過，姐姐變得有些不一樣了。」

許平君淡淡說：「我只是悟了。」

雲歌分不清楚自己該喜該悲，她一直以為病已大哥會是許姐姐一生的「結」，最終也許還會變成「劫」，卻不想這個「結」竟就這麼解開了。

許平君似猜到她所想，輕聲說：「他叫劉詢。」

雲歌也輕輕說：「是啊！他叫劉詢。」

許平君眼波在雲歌面上意味深長地一轉，落在了孟玨身上，「孟大哥，這幾日過得如何？」

孟玨微微笑著，不說話。

雲歌不自在起來，想要離開：「我去洗漱、換衣服，姐姐若不急著走，先和孟玨說話吧！一會兒再來看我。若趕著回宮，我回頭去宮裡陪姐姐說話。」

許平君含笑答應，見雲歌走了，她的笑意慢慢地淡了，「孟大哥，對不起，我求你仍做虎兒的師傅。」

「妳出宮時，皇上給妳說什麼了？」

「皇上什麼都沒對我說，只吩咐虎兒跟我一起來探望師傅。」

孟玨淡笑著說：「妳不用擔心，我不做太傅，還能做什麼？除非我離開長安，不然，做什麼官都是做。」

許平君喜極而泣，「謝謝，謝謝！」

「我想麻煩妳件事情。」

「大哥請講。」

孟玨說：「早或晚，我會選一個合適的時機，請許香蘭離開，她若願意，讓她給我寫封休書也成，她的身子仍白璧無瑕，她又是皇上的小姨子，未來皇上的姨母，不管以後再嫁誰，都沒人敢怠慢她。」

許平君微微呆了下說：「好的，我會私下開導她的。大哥和雲歌重歸於好了嗎？」

孟玨極淡然地說：「她的心結不是那麼容易解開的，不過我都已經等了她十多年，也不在乎再等她十多年。」

許平君震驚中有酸楚也有高興，酸楚自己的不幸，高興雲歌的幸運，「大哥所做都出於無奈，雲歌慢慢地會原諒你的，大哥可有慶幸自己從崖上摔下？」

孟玨微笑著說：「所以這一次我原諒劉詢，讓他繼續做他的安穩皇帝。」

一陣透骨的寒意從腳底直沖腦門，許平君打了個寒顫，她以為她已經解開了結，卻不知道也許一切早已是個死結。如果沒有雲歌，孟玨大概從此就會和霍光攜手，甚至以孟玨的性格，說不定早有什麼安排，藉助霍光或者其他替自己報仇，來個一拍兩散，兩敗俱傷！她只覺得手足冰涼，再也坐不住，匆匆站起來，「孟大哥，我……我回去了。」

孟玨沒有留客，只點了下頭。

孟玨重傷在身，行動不便，理所當然地可以不上朝，他又以「病中精神不濟」為藉口，拒絕見

客。府裡大小雜事少了很多，僕人們也清閒起來。孟玨養病，孟府的僕人就說閒話打發時間。

話說自大夫人進門，公子就沒給過她好臉色看，和別人說話時，是微笑有禮，和大夫人說話時，卻常常面有寒霜，可自從公子被救回府後，他對大夫人的態度就大變，人還在輪椅上坐著，就開始天天跑竹軒。

第一天去，大夫人正在為三七剪莖包芽，預防根部凍傷，看見他，正眼都沒看一下，低著頭，該幹啥幹啥，公子就在一旁呆看，看了大半天，要吃飯了，他就離開了。

第二天去，大夫人在為黃連培土壅苗，還是不理公子，公子仍在一旁呆看。

第三天去，大夫人在為砂仁鬆土、施肥，當然，沒搭理公子，公子仍在一旁看著。

大夫人一連在藥圃裡忙了十天，公子就在一邊呆看了十天，別說是說話，兩人就連眼神都不曾接觸過。

藥圃裡的活兒雖忙完了，可大夫人仍整天忙忙碌碌，有時候在翻書，有時候在研磨藥材製藥，有時候還會請了大夫來給她講授醫理、探討心得。公子還是每天去，去了以後，什麼話都不說，就在一旁呆著。大夫人種樹，他看樹；大夫人看書，他就也拿本書看；大夫人研磨藥材，他就在一旁撐藥，他撐的藥，大夫人壓根不用，可他仍然撐；大夫人和大夫討論醫術，他就在一旁聽，有時候大夫人和大夫為了某個病例爭執時，他似乎想開口，可看著大夫人與大夫說話的樣子，他就又沉默了，只靜靜地看著大夫人，時含笑、時蹙眉。

僕人們對公子的作低伏小，驚奇得不得了，閒話磕得熱火朝天，至少熱過炭爐子。可這一模一樣的閒話磕多了，再熱的火也差不多要熄了，無聊之下，開始打賭，賭大夫人和公子什麼時候說話。

時光流逝，晃晃悠悠地已經進入新的一年。

春寒仍料峭，牆角、屋簷下的迎春花卻無懼嚴寒，陸陸續續地綻出了嫩黃。

孟府的僕人們彼此見面，常是一個雙手袖在衣袖裡，打著哈欠問：「還沒說話？」

一個雙眼無神地搖頭，「還沒。」

「錢。」

一個懶洋洋地伸手，一個無精打采地掏錢。

孟珏的身體已完全康復。可他仍天天去雲歌那裡，若雲歌不理他，他就多待一會兒，若雲歌皺眉不悅，他就少待一會兒，第二天仍來報到，反正風雪不誤，陰晴不歇。

竹軒裡的丫頭剛開始還滿身不自在，覺得公子就在眼前，做事說話都要多一重謹慎、多一份小心，可時間長了，受雲歌影響，孟珏在她們眼中和盆景、屏風沒兩樣，就是多口氣而已。

忙活了數月，好不容易等到新配置的藥丸製好，雲歌興沖沖地嚐了下，卻垮著臉將藥丸扔到了爐子中，沮喪地坐了會兒，又振作起精神重新開始配藥，抓著一味藥剛放進去，又趕緊抓回來，猶豫不決，皺著眉頭思索。

孟珏走到她身旁，她仍在凝神思索，沒有察覺。突地，一隻修長的手出現在她眼前，在每個藥盒裡快速點過，看似隨意，抓起的藥份量卻絲毫不差，一瞬後，藥缽裡已經堆好了配置好的藥。

雲歌盯著藥缽生氣，冷冷地問：「你每次所做都不會免費，這次要什麼？我可沒請你幫忙，也沒東西給你。」

孟珏的微笑下有苦澀，也許只能嘆一聲「自作孽」。

「這次免費贈送。」

雲歌更加生氣，猛地把藥缽推翻，「我自己可以做出來。」

孟珏無聲地嘆了口氣，坐到雲歌對面，將散落的藥撿回藥缽中，「妳回答我一個問題作為交換。」

雲歌不說話，只是盯著他。

「妳做這個藥丸給誰用？」

雲歌回答得很爽快，眼中隱有挑釁，「霍成君。她已經喝了很久的鹿茸山雞湯，再不去掉異味，她遲早會起疑。」

孟珏提起毛筆將配方寫出，遞給雲歌，「把這個藥方直接交給劉詢。」

雲歌猶豫了下，接過藥方。

「其實這個藥有無異味並不重要，這個藥若使用時間超過三年，有可能終身不孕，如果我第一次給妳的藥，就是給霍成君用的，算時間也快了。」

雲歌握著藥方的手開始發顫，臉上的血色在一點點褪去，卻緊緊地咬著嘴唇，不肯放下藥方。

「妳報復了她，妳快樂嗎？她一生不能有孩子，能彌補妳一絲半點的痛楚嗎？」

雲歌無法回答，只是手簌簌地抖著，孟珏忽地握住了她的手，「雲歌，我們離開這裡，妳的心不是用來研究這些的，我們去尋找菜譜做菜，我現在可以嚐……」

雲歌用力摔開他的手，一連後退了好幾步，臉色蒼白，語氣卻尖銳如刺，「我早就不會做菜了！」

子期離世，伯牙破琴絕弦，終身不復彈琴。自劉弗陵離去，雲歌再不踏入廚房，荷包裡的調料也換成了尋常所用的香料。

孟珏如吃黃連，苦澀難言。她為他日日做菜時，他從未覺得有何稀罕；她為他嚐盡百苦、希冀著他恢復味覺時，他卻從未真正渴望過要去品懂她的菜。當他終於能品嚐出她菜肴的味道，不惜拱手讓河山、千金換一味時，她卻已不再做菜。

雲歌慢慢平靜下來，冷冷地說：「你回去吧！別在我這裡浪費時間。」

孟珏起身向外走去，踏出門口時，頭沒回地說：「我明天再來。」未等雲歌的冷拒出口，他已經快步走出了院子。

雲歌捏著藥方發呆，耳邊一直響著孟珏說的話，「終身不孕」，她應該開心的，這不就是她想要的嗎？霍成君所做的一切，罪有應得！可她竟一點沒有輕鬆開心的感覺，只覺得心更沉、更重，壓得她疲憊不堪。

很久後，她提起毛筆，在孟珏的配方下面加注了一行字：「此方慎用，久用恐會致終身不孕。」她將藥方封入竹筒，火漆密封後，交給于安，「想辦法交到七喜手中，請他代遞給皇上。」

于安應了聲「是」，轉身而去。

雲歌看著屋子裡滿滿當當的藥材，聞著陣陣藥味，只覺得很厭惡現在的自己，費盡心思只是為了害人！

她猛地高聲叫人，幾個丫頭匆匆進來，聽候吩咐。

「把所有的藥材都拿走。」

丫頭小心地問：「夫人是說找個地方收起來嗎？」

「隨便，扔了、收了都可以，反正不許再在這個院子裡。還有，藥圃裡的藥草也全都移植到別處去。」

「是。」

幾個丫頭手腳麻利地行動起來，一會兒的工夫，就將屋子中的藥草全部收走。一個伶俐的丫鬟還特意點了薰香，將藥草味熏走。

坐在窗旁發呆的雲歌聞到薰香，神情迷茫，好似一時間分不清楚置身何處，唇邊含著一絲笑意，模仿著他的語調說：「這香的味淡，該用鎏金銀熏球，籠在袖子下，不該用錯金博山熏爐。」

丫頭忙準備換，「這是宮裡賞的香，一直收著沒用，奴婢不知道用法，竟魯莽糟蹋了。」

雲歌回過神來，神情黯然地說：「不用了，妳們都下去吧！」

幾個丫頭趕忙退出屋子。

雲歌嗅著香氣，閉起了眼睛。恍恍惚惚中總覺得屋子裡還有個人，靜靜地、微笑著凝視著她。

如果一個人住在了心裡，不管走到哪裡，他似乎都在身邊。

聞到曾經的香，會覺得鼻端聞到的是他衣袍上的味道；看到熟悉的景致，會想起他說過的話；晚上聽到風敲窗戶，會覺得是他議事晚歸；落花的聲音，會覺得聽到他嘆息……

點點滴滴，總會時時刻刻讓人滋生錯覺，似乎他還在觸手可及的距離內，可驀然睜眼時，卻總是什麼都沒有。

所以，我不睜眼，你就會還在這裡，多陪我一會兒，對嗎？

香氣氤氳中，她倚著窗戶閉目而坐，一動不敢動，漸漸地，似真似假地睡了過去。

四周瀰漫起白色的大霧，什麼都看不清楚，只有她一人站在大霧裡，她想向前跑，可總覺得前面是懸崖，一腳踏空，就會摔下去，想後退，可又隱隱地害怕，覺得濃重的白霧裡藏著什麼。她害怕又恐慌，想要大叫，卻張著嘴，怎麼都發不出聲音來，只覺得四周的白霧越來越多，好像就要把她吞噬。

忽然，一縷簫音傳來，是無限熟悉的曲子，所有的害怕恐慌都消失了，她順著簫音的方向跑去，大霧漸漸地淡了，一點、兩點、三點的螢光在霧氣中一明一滅，彷彿在為她照路。

終於，她看見了他。白霧繚繞中，他一身青衣，正立在那裡吹簫，無數瑩瑩螢光在他周身閃爍，映得他飄渺不定，好似近在眼前，又好似遠在天際。這是她第一次離他這麼近，雲歌又是歡喜，又是悲傷，心裡是萬分的想靠近，卻再不敢移步，只是貪戀地凝視著他。

一曲未終，他抬起了頭，沉默地看著她。

為什麼你的眼神這麼悲傷？為什麼？

她一遍遍地詢問，他卻只是沉默、悲傷地凝視著她。

陵哥哥，你是不是也覺得我是個壞人了？

可霍成君殺死了我們的孩子！我沒有做錯！我沒有做錯！

你為什麼還這樣看著我？為什麼？

……

「小姐！」

「不要走！陵哥哥！不要走！」雲歌悲叫。可他的身形迅速遠去、消失，她心底再多的呼喚都化作了虛無。

她沒有睜開眼睛，只無限疲憊地問：「什麼事情？」

丫鬟的聲音帶著顫，好似被雲歌的悲叫給嚇著了，「老爺派人來接小姐回府探親，說是家宴，想小姐回去團圓。」

「知道了。」

丫鬟硬著頭皮問：「那奴婢幫小姐收拾包裹？」

雲歌仍呆呆地閉著眼睛坐著，一點動的意思都沒有，丫鬟小聲說：「小姐，姑爺已經同意了，您若想去，馬車隨時可以出發。」

雲歌突然問：「如果一個人，以前看著妳的時候眼底都是溫暖，也很開心，可突然有一天，他看妳的時候充滿了悲傷，妳說這是為什麼？」

丫鬟凝神想了會兒，遲疑著說：「大概是我做錯了事情，讓他不開心了。」

雲歌喃喃說：「我沒有錯！他應該明白的。」

一個聲音突然響起，「也許他不開心，只是因為妳心裡不開心，他難過，只因為妳心裡是難過的，他覺得妳做錯了，只是因為妳心底深處早已認定自己錯了。」

雲歌猛地睜開了眼睛，孟珏正立在窗外，面無表情地看著她。想來他是因為霍光的事情，隨丫鬟同來的，只是站在屋外沒有說話。

他的唇角緊抿，似乎很漠然，注視著她的墨黑雙眸中卻有無限悲傷，竟和陵哥哥剛才的眼神一模一樣，雲歌心中陡地一顫，跳了起來，隨手拿了件披風就向外走，丫鬟忙陪著小心服侍雲歌出門。

到了霍府，霍光居然親自在外面迎接。

面對霍光的厚待，雲歌淡淡地行禮問安，客氣下是疏遠冷漠。一旁的丫頭都覺得窘迫不安，霍光卻似笑得毫無隔閡。

因為雲歌的來臨，宴席的氣氛突地冷下來，霍光笑命霍禹給族中長輩敬酒，眾人忙識趣地笑起來，將尷尬掩飾在酒箸杯盤下。

霍光看雲歌沒帶行李，知道她肯定坐坐就走，尋了個藉口，避席而出，帶著雲歌慢慢踱向書房。

他一面走，一面指點著四處景物，「看到左面的那個屋子了嗎？以前是主人起居處，妳爹和妳娘就住在那裡。」

「那邊的草地以前是個蹴鞠場，妳爹喜歡蹴鞠，常叫人到府裡來玩蹴鞠。可別小看這塊不起眼的場地，當年的風流人物都在這裡玩過，有王爺、有將軍、有侯爺，衛太子殿下也來過很多次，不過妳爹可不管他們是王還是侯、幾隻鼻子幾隻眼，腳下從不留情，那幫人常被妳爹踢得屁滾尿流。」

霍光眼前浮現過當年的一幕幕，語氣中慢慢帶出了少年時的粗俗爽快，眉宇間竟有了幾分飛揚。

雲歌身上的冷意不自覺中就淡了，順著霍光的指點，仔細地看著每一處地方，似乎想穿透時光，看到當年的倜儻風流。

「這個書房是妳爹當年辦公議事的地方，格局大致沒變，只擺放的東西變了。那邊以前放的是個巨大的沙盤，妳爹常在上面與妳娘鬥兵，還賭錢了，究竟誰輸誰贏，我是一直沒搞明白，好像妳爹把整個府邸都輸了。」

「鬥兵？和我娘？」

霍光笑，「是啊！妳爹什麼事情都不避妳娘，就是他和將軍們商議出兵大事時，妳娘都可以隨意出入。這個書房還有一間屋子是專門給妳娘用的，現在我用來存放書籍了。」

雲歌突然間覺得這個書房無限親切，伸手去摸屋宇中的柱子，好似還能感受到爹娘的笑聲。她的嘴角忍不住地上翹，笑了起來，一直壓在身上的疲憊都淡了，她心中模模糊糊地浮出一個念頭，她是該離開長安了！陵哥哥肯定早就想離開了！這個念頭一旦浮現，就越來越清晰，在腦中盤旋不去，雲歌的手輕搭在牆壁上想，就明天吧！

霍光微笑地看著她，眼中有無限寂寥，「大哥的一生頂別人的好幾生，在廟堂之巔能建功立業、名垂青史，在江湖之遠能縱橫天地、笑看蒼生。有生死相隨的妻子，還有曜兒和妳這般的兒女，我想大哥此生必定無憾！」

雲歌看到他斑白的兩鬢，蒼涼的微笑，第一次發覺他老了，看上去，比實際年齡蒼老了十多歲，好像肩頭的疲倦隨時會讓他倒下，雖然心中有厭惡，嘴裡卻不受控制地說：「叔叔的一生也波瀾壯闊，輔佐了四代……三代帝王，幾次力挽狂瀾，將一個岌岌可危的漢朝變成了今天的太平安穩，叔叔也會青史留名。」

霍光讓雲歌坐，他親自給雲歌斟了杯茶，雲歌只淡淡說了聲「謝謝」。

「我想大哥並不在乎是否青史留名，他只是去做自己想做的事，別人如何評價是別人的事。我和他不一樣，我很在乎世人如何評價我，我的確希望能留名青史，可這並不是我最在乎的事情，人人都以為霍光最在乎權勢，其實也不是我最在乎的。」

雲歌有些詫異，「那是什麼？」

「我想邊疆再無戰爭！我想四夷臣服！我想大漢的穩定太平不再用女子的血淚去換！這才是我最想要的！」霍光冷笑起來，朗聲說：「權勢算什麼玩意？只不過是我實現這一切的必經之路！沒有權勢，我就不能為所欲為！只有鼎盛的權勢才能讓我不拘一格、起用人才；才能輕徭役、薄稅賦，良田不荒蕪；才能讓國泰民安、積蓄財富；才能修兵戈、鑄利箭；才能有朝一日鐵驥萬匹，直踏匈奴、羌族！」

霍光雖然身著長袍，坐於案前，可他說話的氣勢卻像是身著鎧甲，坐於馬上，只需利劍出鞘，指向天狼，激昂的馬蹄就可踏向胡虜。可在下一刻，他卻又立即意識到，他再權傾天下，再費心經營，仍只是個臣子，能令劍尖所指、鐵蹄所踏的人永遠不會是他！以前不是，現在不是，將來也不會是！他眼中的雄心壯志漸漸地都化作了無奈悲傷，他笑嘲著說：「『太平若為將軍定，紅顏何須苦邊疆？』大漢的男兒都該面目無光才對！」

雲歌終於明白了他為什麼會在驚聞烏孫兵敗的時候，重病到臥榻數月，他並不是在裝病教訓劉詢，讓劉詢明白政令的執行還離不開他，而是真的被劉詢的剛愎自用氣倒了。他謹慎一生，步步為營，卻被劉詢的人毀於一夕，其間傷痛絕非外人所能想像，也在這一刻，她開始覺得這個人真的是她的叔叔，他身上和父親流著相似的血脈。

霍光察覺到自己的失態，眼中的情緒立收了起來，又變成了那個鎮定從容、胸有成竹的權臣，「這些話已將近三十年未和人說過，不知怎麼的就突然間……讓妳見笑了！」

雲歌將他杯中的冷茶倒掉，重新斟了杯熱茶，雙手奉給他，「叔叔身體康健，手中大權在握，還有很多時間可以完成心願。皇上雖然剛愎了一些，但並不是不明理的君主。就我看，他對先帝劉徹既恨又敬，只怕他一直暗存心思，要實現武帝劉徹未完成的心願——安定邊疆、臣服四夷，一方面是自己的雄

心壯志，另一方面卻也是為了氣氣九泉下的劉徹。我想只要君臣協心，叔叔的願望一定能實現。」

霍光接過熱茶，顧不上喝，趕著問：「妳說的可是真的？皇上一直表現出來的樣子和妳說的可不符，他總是一副毫不在乎西域、匈奴的樣子，似乎只要官吏清明、人民安康就可以了，文帝、景帝雖然年年給匈奴稱臣進貢、送公主，普通老百姓的日子過得其實比在武帝手裡要好，我一直以為皇上打算效仿的皇帝是文、景二帝。」

雲歌說道：「叔叔聰明一世，卻因為太在乎此事，反而糊塗了。皇上定是看破了叔叔在乎，所以他就不在乎，叔叔越想打，他就表現得越不想打，利用叔叔的在乎，逼叔叔在其他事情上退讓。」

霍光呆呆發怔，一一回想著自劉弗陵駕崩後的所有事情，半晌後，痛心疾首地嘆道，「沒想到我霍光大半生利用人的欲望，驅策他人，最後卻被一個小兒玩弄於股掌間。」

雲歌正想說話，聽到外面僕人的叫聲：「娘娘，娘娘，您不能……」

門「砰」地被推開，霍成君面色森寒，指著雲歌說：「滾出去！霍家沒妳坐的地方，妳爹當年走時，可有考慮過我爹爹？他倒是逍遙，一走了之，我爹呢？一個人孤苦伶仃地在長安，妳知不知道妳爹在長安樹了多少敵人……」

霍光斷然喝道：「閉嘴！」冷鷙的視線掃向書房外面立著的僕人，所有人立即一溜煙地全退下，有多遠走多遠。

「雲歌，妳先去前面坐會兒，等叔叔處理完事情，再給妳賠罪。」

雲歌無所謂地笑笑，告辭離去，「今日已晚，我先回去了，叔叔，您多保重！」

出書房後，走了會兒，她忽覺得身上冷，才發現匆忙間忘拿披風了，一般的衣服也就算了，可那件披風上的花樣是劉弗陵親手繪製，命人依樣所繡，自然要拿回來。

雲歌剛走到書房門口，就聽到斷斷續續的爭吵聲。

「……我是寧要雲歌這個侄女，不要妳這個女兒……」

「……妳說是我的親生女兒？」霍光的笑聲聽來分外悲涼，「……親生女兒會幫著劉詢刺探老父的一舉一動，通知劉詢如何應對老父？親生女兒會用利益說服堂兄一起背叛老父……」

「……既然妳和劉詢如此情投意合，爹不攔妳……我霍光只當從沒生過妳，從今往後，霍家是霍家，娘娘是娘娘。」

屋裡的聲音時高時低，雲歌聽得斷斷續續，她如中蠱一樣，明知道不對，卻輕輕地貼到屋簷下，藏在了陰影中。

屋子裡傳來哭泣聲，「爹……爹……」

似乎霍成君想去拽霍光的衣袖，卻被霍光打開。她悲傷羞怒下突地吼起來，「爹爹可有當我是女兒？可曾真正心疼過我？爹爹裝出慈父的樣子，讓女兒在劉詢和劉賀中選，等試探出女兒的心思後，卻偏偏反其道選了劉賀。還有大姐，爹爹當年對她許諾過什麼？結果是什麼？你讓女兒怎麼信你？爹爹究竟隱瞞了我們多少事情？爹爹說劉弗陵的命由老天做主，那長安城外的山上種的是什麼？劉弗陵的病……」

「啪」的一巴掌，霍成君的聲音突地斷了，一切都陷入了死寂。

好一會兒後，她的聲音含糊不清地響起，「爹爹，女兒已經知錯！求爹爹原諒！爹……」

霍光沉默了很久後才開口，低啞的聲音中滿是疲憊，「妳走吧！我沒做好父親，也怪不得妳不像

女兒。」

咚咚的磕頭聲，一遍又一遍的哭求，霍光卻再不開口。

吱呀一聲，霍成君拉開門，捂著臉衝出了書房。

雲歌軟軟地坐到了地上，臉色煞白到無一絲血色。

「爹爹究竟隱瞞了我們多少事情？」

「爹爹說劉弗陵的命由老天做主，那長安城外的山上種的是什麼？」

「劉弗陵的病……」

他們究竟想說什麼？為什麼要提起陵哥哥的病？霍光為了阻止霍成君未出口的話，竟然不顧霍成君的身分下重手打斷她！

雲歌只覺得氣都喘不上來，似乎前面就是無底深淵，可她卻還要向前走。

當年暗嘲上官桀養了個「好兒子」，如今自己的女兒、侄子有過之而無不及。霍光失望、悲傷攻心，坐在屋裡，只是發怔，忽聽到外面的喘氣聲，厲聲問：「誰？」

他正要走出屋子查看，看到雲歌立在門口，扶著門框，好似剛跑著趕回來，一面喘氣一面說：「我忘記拿披風了。」

霍光看她面色異樣，心中懷疑，微笑著說：「就在那裡，不過一件披風，何必還要特意跑回來一趟？即使要拿，打發個丫頭就行了，看妳著急的樣子。」

雲歌拿起披風，低著頭說：「這件披風不一樣，是……是陵哥哥親手繪製的花樣。」

她眼中隱有淚光，霍光釋然，一面陪著她出門，一面叮囑：「妳如今已經嫁人，我看孟玨對妳很好，他也的確是個人物。去世的人已經走了，活著的人還要活著。妳的一生還很長，不能日日如此。妳現在這個樣子，地下的人也不能心安，把舊人放在心底深處珍藏，好好珍惜眼前的新人，才是既不辜負舊人，也不辜負新人，更不辜負自己。」

雲歌神情恍惚，容顏憔悴，對他的話似聽非聽，霍光只能無奈地搖頭。

在馬車上候著的于安看到她的樣子，再聽到霍光的話，心內觸動，對霍光謝道：「多謝霍大人的金玉良言，其實這也是奴才一直想說的話。」

雲歌對霍光強笑了笑：「叔叔，我回去了，你多保重身體。」

霍光客氣地對于安吩咐：「你照顧好她。」

于安應了聲「是」，駕著馬車離開霍府。

雲歌回到竹軒後，卻站在門口發呆，遲遲沒有進屋。

于安勸道：「在霍府折騰了半天，命丫頭準備熱水洗漱吧！」

雲歌突地扭身向外跑去，于安追上去，「小姐，妳要做什麼？」

「我去找孟玨。」

于安以為她心思回轉，喜得連連說：「好！好！好！那奴才就先下去了。」

雲歌氣喘吁吁地推開孟玨的房門，孟玨抬眸的剎那，有難以置信的驚喜。

「孟玨，你收我做徒弟，好不好？我想跟你學醫術。」

雖不是自己期盼的話語，可至少意味著雲歌願意和他正常的交往了，不會再對他不理不睬。他微笑著說：「妳願意學，我自然願意教，不過不用拜什麼師，若非要拜師，那妳就拜我義父為師，義父如果在世，也肯定不會拒絕妳，我就算代師傳藝。」

雲歌感激地說：「多謝你！我們現在就拜師，明天我就來學，好不好？」

孟玨豈會說不好？命三月設好香案，沒有牌位，他就拿一幅白帛，龍飛鳳舞地寫了「孟西漠」三個字，掛在牆上。

雲歌面朝「孟西漠」三字跪下，恭敬地說：「師父在上，請受弟子三拜。」一面磕頭，一面在心裡默唸：師父，我雖然沒見過你，但知道你一定是個很好很好的人。我拜師的動機不純，你也許會不開心，但弟子一定會盡心學習，將來也用醫術去救人。弟子愚笨，肯定趕不上師父的醫術，但一定不會做有辱師門的事情。

磕完頭後，雲歌又將這個名字在心中默誦了一遍，從此後，除了父母、兄長，她還有個師父了。

孟玨看她磕完頭後，一直盯著義父的名字發呆，笑著提醒：「該給義父敬茶了。」

雲歌接過他遞來的茶，小心翼翼地打開蓋子，將茶水斟在地上。敬完茶後，依禮她就已經可以起來，她卻又恭敬地磕了三個頭，才站起來。

孟玨一面收香案，一面說道：「這回，我們可真成師兄妹了。」

雲歌想想，也覺得緣分真是太奇怪的一件事情，她第一次看到金銀花琴時，還想過是個什麼樣的人才能離出這哀傷喜悅並存的花，不想後來竟成了他的徒弟。

她坐到坐榻上，說道：「你以後若有時間，多給我講點師父的事情，我很想多了解師父一些。」

孟珏收拾完東西，坐到了她對面，點頭答應，「不過我只知道我跟隨義父之後的事情，義父從不提起以前的事情，所以我也不知道，很多都是我猜的。」

「我以後可以問我爹爹和娘親，等我知道了，我再告訴你。」

「千萬別！」孟珏急急地說：「妳要問，去問妳二哥，他應該都知道，千萬不要去問妳娘，妳拜師的事情也不要告訴妳娘。」

雲歌很奇怪，「為什麼？他們不是故人嗎？而且應該交情十分深厚，要不然你也不會想利用……」她猛地吞下已到嘴邊的話，撇過了頭。

孟珏的語聲很是苦澀，「正因為他們交情十分深厚，義父才不想妳娘知道他早已過世多年，他怕妳娘會傷心。」

雲歌已經歷過生離死別，聽到那句「他怕妳娘會傷心」，眼淚都差點掉下來，原來是這樣的，師父他竟情深至此！

「義父臨終前特意叮囑過三個伯伯和妳二哥，妳二哥因為義父離世，傷心難耐，當著妳爹娘的面還要談笑正常、盡力隱瞞，可妳娘和妳爹豈是好糊弄的人？所以，他一半是性喜丘山，一半卻是為了義父，索性避家千里，妳爹和妳娘這些年來四處遊走，應該也只是想再見義父一面。」

雲歌聽得又是驚又是傷，喃喃說：「只怕我二哥已經在我爹面前露餡了，我爹應該早已猜到，他雖然陪著我娘四處亂走，但雪一崩，他就藉機住在了裡面，因為他早知道，即使尋遍天涯海角，都找

不到了！」

孟玨輕輕地嘆了口氣，「上次我去妳家提親，妳娘問起義父，我就胡亂說了幾個地點，反正我是盡力往遠裡說，妳娘還納悶地問我，『你義父去那些地方做什麼？』妳爹卻只是坐在一旁靜聽，原來他早已知道。」

兩人琢磨著一知半解的舊事，相對唏噓。

這一刻，他們之間所有的隔閡都似消失，糾纏不清的緣分，使彼此有著別人難及的瞭解和親切。

雲歌小聲說：「難怪我爹和我娘對我不聞不問的，他們是太相信師父了。」

孟玨很尷尬，也小聲地說：「本來妳爹讓妳三哥盯著點妳，可我說我去追妳，妳娘和妳爹立即就同意了，拜託我照顧妳，想來他們雖然不願勉強妳，可心裡一定很盼望婚事能成。」

雲歌低著頭，默默地坐著，孟玨也是默默地坐著。

燭火跳躍，輕微的嗶剝聲清晰可聞，兩人的影子在燭光下交映在一起，孟玨忽地希望這一刻能天長地久。

雲歌卻猛地站了起來，低著頭說：「我回去了，明天等你下朝後，我來找你。」

孟玨也趕著站起，「我送妳回去。」

「不用！」

孟玨卻未理會她的拒絕，燈籠都顧不上打，就跟在她身後出了屋子。

一路行去，雖然雲歌再未和他說話，可也未命他回去，兩人就著月色，並肩行在曲徑幽道上。孟玨只覺得心靜若水，說不出的寧和安穩，好似紅塵紛擾都離他萬丈遠，只有皓月清風入懷，平日裡需要藉助琴棋書畫苦覓的平靜竟如此容易地就得到了，不禁盼著路能更長一些。

到了竹軒，孟珏自動止步，雲歌也未說什麼告別的話就進去了，行了幾步，突地轉身說：「時間或長或短，漢朝應該會有一次大舉用兵的戰事，到時候，你能站在霍光一邊嗎？我不是為了他，而是為了他說的一句話，『太平若為將軍定，何須紅顏苦邊疆？』你們這些堂堂七尺男兒整日間鬥來鬥去，可想過漢朝西北疆域十幾年的太平是靠著兩個女子的青春在苦苦維持？還有那些紅顏離家園，卻白骨埋異鄉的和親女子。你們一個個的計策除了爭權奪利，就不能用來定國安邦嗎？想想她們，你們就不會有些許不安嗎？」

孟珏未料到她是這樣的要求，肅然生敬，很認真地應諾，「妳放心，大事上我絕不會亂來。」

雲歌第一次露了丁點笑意，輕抿著唇角說了聲「多謝」，轉身而去。

孟珏回道：「這本是七尺男兒該做的事情，何用妳來謝我？」

雲歌腳步一頓，雖未回頭，眉間卻有一股柔和。

正式拜師後，雲歌開始了真正的學醫生涯，每日裡風雨不誤、陰晴不遲地去找孟珏。

雲歌心思聰慧、認真刻苦，孟珏則傾囊相授、細心點撥，所以雲歌的醫術一日千里，讓孟珏都暗自驚訝，想著義父若還活著，能親自教雲歌醫術，恐怕雲歌才是義父最佳的衣缽傳人。

雲歌剛開始還有不少擔心和戒備，可發現孟珏教課就是教課，絕不談其他，擔心和戒備也就慢慢少了。

雲歌疏忽犯錯的時候，孟玨訓斥起來一點不客氣，絲毫不留情面。她自小到大，爹疼娘寵哥哥讓，從沒被人那麼訓過，怒火上頭時，也出言反駁，可孟玨言詞犀利、字字直刺要害，偏偏語氣還十分清淡，越發顯得她無理取鬧。

她詞窮言無，又羞又惱，只能對著他嚷：「師父若在，才不會這麼說我！是你自己教得太差了！」

孟玨冷笑一聲，拂袖就走，一副「妳嫌我教得差，我還就不教了」的樣子。

雲歌嚷歸嚷，其實心裡很清楚，的確是自己做錯了。醫術不同於其他，其他事情可以犯錯，一道菜做失敗了，大不了倒掉重做，可用藥用錯，卻會害人性命。所以過一會兒後，等怒火消了，她會低著頭，再去問他，他倒仍是那清清淡淡的語氣，也不提兩人吵架的事情，只就雲歌的問題細細道來，再著重講解她做錯的地方。

一學一教的日日相處下來，兩人之間的關係漸漸緩和，雖還不至於談笑正常，但至少在不提起往事的時候，兩人可以如普通朋友一般相處。

第五十三章　破繭成蝶

城樓上的四道目光一直凝在她們身上。

其中兩道的恨怒，即使隔著人海，仍然感覺明顯，

可從這一刻起，許平君已真正無所畏懼；

另兩道目光中所蘊藏的東西卻辨不明白，可她已不會再費心探究。

自發生偷盜令牌的事件後，劉詢就再不踏足椒房殿，許平君也盡量避免見他，所以兩人雖然都身處未央宮中，卻常常月餘不謀一面。

一日，雲歌進宮去見許平君，看她整日悶在椒房殿內，遂主動提出要出去走走。兩姐妹邊走邊聊，不知不覺中走到了淋池畔，荷花才長出葉子不久，一個個碧綠的小圓盤嫋嫋地浮於水面。兩人對著水天碧波，都是心緒萬千，沉默無語。

忽地，一縷笛音隨著清風傳來，雲歌和許平君循著樂聲，眺望向遠處。只看碧波盡處，柳煙如霧，一葉小舟徐徐盪出，一個紅衣女子正坐在船頭，握笛而奏。

雲歌和許平君都是呼吸驀地一滯，心跳加速。

小舟漸漸近了，舟上的女子回頭間看到許平君，急急站起來，想要行禮問安，「皇后娘娘！」

雲歌和許平君看清楚是張良人，長長地吐了口氣，眼角莫名地就有了淚意。

許平君高聲說：「人在舟上不用行禮了。」

撐船的宦官將船靠了岸，小心地扶張良人下船。許平君這才發現張良人隆起的腹部。她告訴自己不在乎，可畢竟不是不相關的人，心還是猛地痛了下。

張良人上岸後，立即來向許平君行禮，許平君強笑著說：「不用行禮了，妳身子不方便，多休息吧！」說完，不等張良人說話，就拉著雲歌離開。

雲歌默默地不說話，回頭看了一眼張良人驚疑不定的神情，只能嘆氣，姐姐還是沒掌握宮廷生存的法則。

許平君走著走著，腳下一個踉蹌，人向地上跌去，雲歌忙反手扶住她，許平君倚著雲歌的手臂，彎著身子乾嘔。雲歌生疑，手搭在她的腕上，「姐姐，妳月事多久沒來了？」

許平君直起了身子，驚慌地說：「不可能，我和皇上已很久沒見過面了。」

「孩子已經兩個多月了！姐姐，妳可真是個糊塗人！當年虎兒剛懷上，妳就知道了，如今卻直到現在都還不相信。」

許平君臉色漸漸發白，雲歌微笑著抱住了她，「姐姐，這是好事，應該高興。」

許平君想起和劉詢的最後一次房事，正是她雪夜跪昭陽殿的那夜，她身子輕輕的顫著，「孩子該帶著父母的愛出生，不該是凝聚著父母彼此的猜忌和怨恨，那是不被神靈護佑的。」

雲歌只能輕聲安慰她，「能護佑他的人是姐姐，不是神靈，只要姐姐日後疼他，他就是幸福的。」

許平君的驚慌漸漸消失，想著恐怕此生這就是她的最後一個孩子了，神靈若不是眷顧她，怎麼會賜她孩子？心中湧起了喜悅，微笑著說：「虎兒也該有個弟弟、妹妹做伴。」

雲歌笑著點頭，「姐姐最近太傷神了，身體可大不如懷虎兒的時候，回頭讓孟玨幫妳開幾副藥吧！那些亂七八糟的事情，姐姐就不要理會了，安心養胎才是正經事情。」

兩人一面笑說著話，一面向椒房殿行去。

日夜交替、光陰流轉，不知不覺中已經到了夏季。

如雲歌所料，霍光果然傾力籌畫，準備集結大軍，揮師西北，討伐羌族，順帶暗中清除烏孫的保守勢力，立解憂公主的兒子為烏孫王，將匈奴、羌族的勢力趕出西域，使西域諸國放棄兩邊都靠的想法，完全向漢朝稱臣。

劉詢在此事上表現得漠不關心，再加上朝中儒生都厭戰事，覺得現在的境況很好，所以朝堂內一片反戰聲。

霍氏門生雖然眾多，可碰到漠不關心的皇帝和言辭鋒利、動輒搬出民生安康一通大道理的儒生，霍光的主張實施困難。畢竟一場戰爭牽涉巨大，從徵兵到糧草，從武器到馬匹，即使以霍光的滔天權勢都困難重重。

主戰派與主和派相持不下時，行走絲綢之路的富賈巨商們聯名上書，向皇上陳述他們在絲綢之路的所見所聞，論述西域門戶對中原地區的重要性：西域是漢朝通向整個世界的門戶，如果西域被堵，

漢朝就如同被鎖在了院子中，不能瞭解外面世界的動向，無法與外界進行文化、醫術和科技的溝通交流，只會故步自封。他們還慷慨陳詞，言道從文帝、景帝到武帝，再從武帝到現在，漢朝商人地位在西域的變化和大漢的國勢息息相關。文景時，西域人畏懼匈奴，蔑視漢人，將最好的食物和嚮導給匈奴，將最差的馬匹、駱駝高價賣給漢人，甚至隨意搶奪漢人的商品和屠殺商人；武帝時，漢朝商人所過之處，待遇之隆，如若王公，匈奴奔走迴避，而現在，雖還不至於淪落到文景時的慘狀，但在西域人眼中，他們已只是一群來自一個日漸沒落帝國的商人，常有輕慢無禮之舉。最後，他們許諾：「願傾綿薄之力，以助國家。無強國則無民尊，而無民之榮耀則無國之興盛！草民等謹以賤軀叩首，遙祝一代明君，成百世霸業！」

劉詢明知這封上書背後大有文章，可看到最後時，仍悚然動容、心潮澎湃，直想拔劍長嘯、西指胡虜。

儒生們仍在底下哼哼唧唧，說著商人重利，他們如此做，只不過是希望國家為他們開闢一條順暢、平安的通商之路，方便他們賺錢。

劉詢問孟玨：「孟太傅如何想？」

孟玨笑看著眾位指責商人的儒生問道：「這些商人是不是大漢的子民？」

一個文官嘴快地說：「當然是了。」

「他們的經商所得是否交了賦稅？」

「當然！他們若敢不交……」

「既然他們是大漢的子民，既然他們向國家交了賦稅去養活官員、軍隊，那麼他們難道不該希求自己的國家保護他們嗎?」

幾個文官結結巴巴地說不出完整的話,「這……這……要從長計議,一場戰爭苦的是天下萬民,個別商人的利益……」

孟玨沒有理會他們,只對劉詢朗聲說:「犯我大漢天威者,雖遠千里亦必誅之!」

孟玨的聲音將所有的議論聲都壓滅了,突然間,大殿裡變得針落可聞。在一片寧靜中,孟玨的聲音若金石墜地,每一字都充滿了力量:「這樣的漢朝才配稱大漢!」他眼中的鋒芒還有一句話未出口:這樣的君主才配稱霸主!

朝堂上的百官,面色各異,空氣中流動著緊張不安。

劉詢強壓住內心的驚濤巨浪,若無其事地微笑著問張安世:「張將軍如何想?」可他的眼睛卻一直緊盯著孟玨。

張安世在劉詢的眼睛裡看到了既熟悉又陌生的光芒。先帝劉徹命張騫出使西域時,命衛青、霍去病出征匈奴時,命細君公主、解憂公主聯姻西域時,眼睛內應該都有過這樣的光芒,那是一個不甘於平凡的男人渴望千秋功業的光芒,也是一代君王渴望國家強盛的光芒。他恭敬地彎下身子,不緊不慢地回道:「皇上如想做一位清明賢德的君王,一動自不如一靜,不擾民、不傷財;但皇上如想做與周文王、周武王、高祖皇帝、孝武皇帝齊名的一代君王,那麼雄功偉業肯定離不開金戈鐵馬!」

霍光立即趁熱打鐵,「自衛青、霍去病橫掃匈奴王廷後,匈奴分化為南、北匈奴。南、北匈奴彼此不合,經常打仗,若我朝能大破羌族,令烏孫澈底歸順,匈奴在西域最後的勢力就被化解,我朝與北匈奴就對南匈奴形成南北夾擊之勢,也許皇上可以藉此逼迫南匈奴向陛下俯首稱臣,這可是先帝孝

武皇帝終其一生都未實現的夢想！」

大殿內寂靜無聲，人人都屏息靜氣地等著劉詢這一刻的決定。這個決定不僅僅會影響漢朝，還會影響匈奴、羌族、西域，乃至整個天下；不僅僅會影響當代的漢人，還會影響數百年、上千年後的漢人子孫。

劉詢的目光從殿下大臣的臉上一一掃過，見者莫不低頭，一瞬間，他決心篤定，猛地站了起來，高聲說：「准霍大將軍所奏，集結二十萬大軍，聯烏孫擊羌族！」

百官在他腳下叩拜，齊聲誦呼：「陛下英明！」

在眾人雷鳴般的呼聲中，劉詢遙望著殿外，豪情盈胸，壯志飛揚！

自孝武皇帝劉徹駕崩，漢朝一直處於休養生息、養精蓄銳的階段，這次傾國力發動的大規模戰役，是十幾年來的第一次。朝堂內，少壯男兒熱血沸騰、摩拳擦掌，準備誓破胡虜、沙場建功。民間卻和朝堂上的氣象截然相反，對大戰畏懼厭惡，幾乎是戶戶有泣聲。畢竟征夫一去不見還，也許早化作了漠上森白骨，卻仍是深閨夢裡人。

許平君和雲歌身著粗衣，行走在田埂果園間。

行過一處處人家，總會時不時地看到默默垂淚的女子，有白髮蒼蒼的老嫗，也有荳蔻妙齡的少女。只有孩童們還在快樂無憂的戲耍，大聲叫著「爹爹」或「大哥」，絲毫不知道也許這就是他們對爹爹和大哥最後的記憶。

許平君心沉如鉛，越行越沉默，當她們坐上馬車，啟程回宮時，她問道：「一人的千秋功業，也許需要上萬具枯骨去換，如果委曲求全，也許就可以避開戰事，皇上如此做，究竟是對是錯？」

雲歌也無法回答她的問題，沉默了很久後說：「有些事情不得不做，如那些商人所說『無強國則無民尊，而無民之榮耀則無國之興盛』，姐姐，難道妳不希望說起自己的國家時，是驕傲地出口『我乃大漢人』嗎？我相信這些男兒願意為國而戰。既然已是必定，我們要做的不是問對或錯，而是問如何才能讓這些男兒無後顧之憂，讓他們的兒子和弟弟安安穩穩地長大，多年後，即使記不清爹爹和大哥的容顏時，也可驕傲地對別人說，我爹爹和大哥為國捐軀、戰死沙場，是大英雄！」

許平君苦著臉嘆氣：「妳說話倒很有將門風範。」

雲歌微笑著搖許平君的胳膊，「笑一笑，人的精神氣是互相影響的，人家看到一個愁眉苦臉的皇后，肯定就更愁了！戰死沙場的可能是有，可衣錦還鄉的可能也很大呀！」

許平君擠了個笑，「滿意了嗎？」

雲歌「呀」的一聲，推開許平君，「好了！好了！妳繼續愁眉苦臉吧！妳這一笑，文人墨客哪裡還需要寒鴉叫、子規啼？」

許平君愁腸百結中，也被雲歌惹得氣笑起來。

剛行到城門口，就看人來人往、彼此推攘，擠得城門水洩不通。

因為許平君是微服私訪，並無專人開道，車馬難行，只得棄車步行，于安和富裕一前一後護住許

平君和雲歌。

雲歌向一旁的人打聽發生了什麼事情，一連問了好幾個人後，才將事情的來龍去脈搞清楚。

原來在民間的厭戰情緒中，漸有傳聞說，漢朝現在無將星，根本不適合出兵打仗。以前有衛大將軍、霍將軍才能百戰百勝，霍將軍、衛大將軍死了以後，孝武皇帝傾大漢國力，發兵二十萬，死傷無數，才勉強和彈丸之地的大宛打了個平手。這次又是發兵二十萬，打的卻是比大宛強大很多的羌族，不知道又要死多少人。事情越傳越離譜，連兵營中的士兵都拿了朝中各個將軍的生辰八字去找人算命，看他們是不是真正的將星。

面對羌族的剽悍騎兵，這仗還沒打，氣就已經洩了。為了鼓舞士氣，劉詢宣旨在城門面見百姓和士兵，聽說還會有娘娘出現。

看許平君一臉茫然的樣子，就知道她對此事一無所知，雲歌牽著許平君的手也擠在人群中等皇帝駕臨。

等了好一會兒後，一身龍袍的劉詢出現在城樓上，身邊伴著的娘娘是霍成君。自下往上看，劉詢高大威嚴，霍成君華貴端莊，如同畫中的神祇。

劉詢面朝著他的子民，朗聲分析著這場戰爭的重要性。

眾人剛開始還能凝神細聽，可後來聽到什麼西羌、中羌、烏孫、龜茲……這些名字離他們的衣食住行太過遙遠，很多人甚至從未聽過烏孫、龜茲這些國家，漸漸地，都心不在焉起來，反而開始關注起城樓上那些天神般的人。

「皇后娘娘可真好看！」

「那不是皇后娘娘！那是霍婕妤，以前我在霍大將軍府門口見過她上下馬車的。」

「聽說皇后娘娘出身低賤，哪裡能有這份貴氣？」

「難怪皇上沒有讓她一塊來。」

「那當然，你以為人人都能母儀天下？」

雲歌緊握著許平君的手，擔心地看向她，許平君強笑了笑，表示自己沒事，可她發白的臉色述說的是相反的意思。

劉詢講完話後，並沒有收到預期的反應，百姓們雖然高呼著「陛下萬歲」，可他們的聲音裡沒有劉詢所渴望的力量，他的心不禁沉了一沉。這場戰爭，究竟有幾分勝利的希望？

霍成君看到劉詢的臉色，小聲說：「陛下，可否容臣妾對他們說幾句話？」

劉詢幾分詫異地點了點頭。

霍成君向前幾步，直走到最前面，她望著城樓下黑壓壓的百姓，脆聲說：「皇上為了這場戰爭，夜夜睡不安穩，日日苦思良策，這一切並不是為了自己，而是為了整個大漢天下的安穩，所有百姓的安穩。本宮一個弱女子，不能領兵出征，為皇上分憂解勞，為天下蒼生盡力，本宮所能做的，就是從即日起，縮減用度，將銀錢捐作軍餉，盡量讓皇上為糧餉少操一份心，讓天下蒼生少一份擔子。」她一面說著話，一面將頭上的玉釵金簪，耳上的寶石墜子一一摘下。

百姓的注意力被霍成君的話語吸引，再看到她的古怪動作，全都眼睛一眨不眨。

「本宮的所有首飾全都捐作軍餉。如果一根金簪能免除十戶人家的賦稅，那麼它比戴在本宮的髻上更有意義。」

百姓們望著黑髮上無絲毫點綴的霍成君，心中生了感動。

「霍婕妤是個好娘娘。」

「是啊！」

「娘娘連首飾都不戴了，這仗只怕真的非打不可。」

「霍娘娘不但生得好，心眼也好。」

低低的議論聲中，眾人對戰爭的厭惡好似少了一點，劉詢看到眾人的反應，讚賞地看了霍成君一眼，霍成君垂目微笑，樣子很是賢慧淑德。

許平君不願再看，拉著雲歌向人群外擠去。

人人都想往前擁，她卻往外擠，引得好多人瞪向她，一個許廣漢家以前的鄰居，失聲叫道：「許丫頭……皇后娘娘！」

如施了定身法，擠攘的人群突地不動了，紛擾的聲音也突然消失，人人都將信將疑地看向許平君。

那個鄰居想到剛才脫口而出的一聲「許丫頭」，雙腿直發抖，軟跪在了地上，一面重重磕頭，一面請罪：「皇后娘娘，皇后娘娘！」

眾人實難相信眼前這個荊釵布裙、面容哀愁，挺著個大肚子的女子就是皇后，可看到那個男子下跪的舉動後，仍是一個、兩個，陸陸續續地跪了下來。在大家的竊語中，以許平君和雲歌為圓心，一圈圈的人潮，由裡向外，全都跪了下去，直到最後，整個城樓下，只有她們兩個站著。

許平君很想逃走，可眼前是密跪的人群，根本無路可走；想躲避，可人海中根本無處可躲，反倒將她突顯了出來。她只能呆呆地站著，周圍是黑壓壓的腦袋，無邊無際，好似漆黑的大海，就要將她吞沒。恍恍惚惚中，她抬頭望向城樓：劉詢高高在上立著，遙遠地俯視著城樓下發生的一切，臉容清淡，視線冰冷。

許平君臉色蒼白、手腳冰涼，她破壞了他的計畫！這樣的一個皇后娘娘如何能讓天下萬民去仰慕崇拜？如何值得大漢兵士去效忠保護？

霍成君滿意地笑起來，一邊恭敬地行禮，一邊高聲說：「還不去把皇后娘娘迎上來？」

一群士兵分開人群而來。

雲歌用力握了一下許平君的手後，向後退去，一面跪下，一面輕聲說：「姐姐，不要怕他們，妳就是他們呀！誰規定了皇后就要華貴端莊？妳只要做妳自己就可以了！我知道妳是個好皇后！」

好一會兒後，士兵們才穿過人海，站在了許平君面前，向她行禮，想護送她離開人群、登上城樓。

許平君側頭看雲歌，雲歌用力點頭，許平君在遲疑中，命所有士兵先退下。

所有的百姓都不解地偷偷打量著她，眼中有羨慕、有嘲笑、有不信，似乎還有輕蔑。

許平君的心在發顫，她有什麼資格讓他們跪拜？她心虛地想後退，卻看到雲歌抬著頭向她微笑，眼中有深深的相信。她深吸了口氣，擠出一個虛弱的微笑，看向周圍。

「其實和『皇后娘娘』這個稱呼比起來，我更習慣『許丫頭』、『野丫頭』、『許老漢的閨女』這些稱呼，每次人家叫我皇后娘娘時，我都會有一瞬間反應不過來，不知道他們在叫誰。看到人家跪我時，我會緊張，緊張得連手腳往哪裡放都不知道，現在你們這麼多人跪我，我不但緊張，還感到害怕，我現在手心裡全是汗！」

當她直面自己一直以來的心虛、膽怯時，她反倒覺得害怕淡了，心虛也小了，微笑漸漸自然，聲

音也越來越清晰。

「我很希望自己能變得高貴一些，能做一個大家期許中的皇后，值得你們的跪拜。我一直很努力地在學習，很努力地讓自己配得起『母儀天下』四個字。可是，我努力再努力後才發現，這世上不是所有的事情，只要自己努力就可以得到的。」

低著頭跪拜的百姓，一個兩個的慢慢抬起了頭，好似在慢慢忘記眼前人的身分，開始毫不迴避地看向許平君。

許平君抬頭看向了劉詢，眼中有淚光，嘴邊卻有淡淡的微笑。

「我大概讓你們失望了，我不是你們想像中和期許中的皇后樣子。我沒有辦法變得舉止高貴，也沒有辦法變得氣質文雅。不管如何修飾，我仍是我，一個出生於貧賤罪吏家的普通女子。很多時候，我自己都對自己很失望，我無數次希望過我能有更剔透的心思，更完美的風姿，我能是一株清雅的水仙、或者一棵華貴的牡丹，而不是田地間普普通通的麥草，就在剛才，我又一次對自己失望了，可是現在，我很慶幸我是麥草。」

她看向跪在她腳下的千萬百姓，面對著他們展開了雙手。

「因為自小操持家務和農活，我的手十分粗糙，指節粗大，還有老繭，我曾經很羞於在別的娘娘面前露出這雙手，常常將它們藏在袖子裡。現在，我很羞愧於我曾經有這樣的想法，它們應該值得我驕傲的，它們養過蠶、種過地、釀過酒、織過布，這雙手養活過我和家人……我倒是又犯糊塗了，你們的手都和我一樣，只怕很多姐妹、大嬸的手比我更巧、更能幹！普普通通的一雙手而已，有什麼值得多想的呢？手不就是用來幹活的嗎？不過比釀酒，我還是很有自信，你們若有人能勝過我，當年也不會看著我一個人把錢都賺了去，卻只能在一旁乾瞪眼！」

不少人「嘩」地笑了出來，幾個人的笑，帶動了其他人，大家都低聲地笑著，原本的緊張壓抑、猜疑揣度全都沒了。

「今天早上我去村莊走了一圈，看到很多人在偷偷掉眼淚。我是妻子，也是母親，如果出征的人是我的夫君、我的兒子，我想我掉的眼淚不會比她們少，也會和她們一樣怨恨這場戰爭。如果不打仗多好！幹嘛好端端地要打仗呢？我知道大家心裡在想，不是我們不肯保家衛國，可人家羌人不是還沒來侵略我們嗎？」

所有人都在點頭，幾個就跪在許平君身邊的人忘記了她是皇后，像平常話家常般，邊擦淚邊抱怨著說：「就是呀！也不知道皇上心裡怎麼想的，沒事非要找個事出來，太太平平過日子，不好嗎？」

許平君含著眼淚說：「那些國家之間的利益糾紛我不懂，也說不清楚，但我琢磨著，羌人就像一頭臥在你身邊的老虎，它正在一天天長大，它現在沒有進攻你，不代表你就安全，它只是在等待一個最合適的機會，好將你一擊致命。我們有兩個選擇，一是日夜提心吊膽地等著它的進攻；二是趁它還沒有完全長大，殺死它。正因為我是個妻子、是個母親，我選擇後面的做法，我希望我的兒子能安全長大，希望我的夫君不必將來面對一頭更兇猛的老虎，你們呢？」

有的人一面擦眼淚，一面點頭，有的人邊嘆氣邊頷首，還有人皺著眉頭不說話，但不管何種反應，卻顯然都認可了許平君的選擇。

許平君抹去了眼角的淚，「我對要出征的男兒們就一句話，你們放心去，你們的妻兒交給我！我許平君在一日，就絕不會讓一個人挨餓受凍。」

眾人立即交頭接耳起來，嗡嗡聲如無數蜜蜂聚集在了一起。

許平君反問：「怎麼？你們不相信我的話？」

大家不知不覺間早忘了許平君是皇后，有人毫不顧忌地大聲說：「天災的時候，施粥也只能施幾日，長貧難顧呀！」

許平君高高舉起了自己的手，挑著眉毛冷聲問：「誰需要別人的施捨？」

那個雲歌久違了的潑辣女子又回來了，雲歌想笑，眼中卻有了淚意。

許平君脆聲說：「我是做娘的人，寧可吃自己種的粥，也不願兒子靠別人施捨的肉長大！兒子要長的不只是個頭，還有脊梁骨！只要你的妻子有一雙巧手，就能養活自己和兒子。我以皇后的名義下旨，宮中所有絲綢布匹的採購會先向家中有征夫的家庭採辦，價格一律按宮價，我還會命人成立繡坊，如果女紅好，可以來坊內做繡娘，官員的朝服都可以交給她們繡。」許平君指向雲歌，「你們知道她是誰嗎？別看她弱不禁風，她可是長安城內真正的大富豪！咱們女人真要賺起錢來，不會輸給男子！」

眾人都盯向雲歌，雲歌笑站了起來，「我叫雲歌，說我的名字，恐怕你們都不知道，但我若說我是『雅廚竹公子』，你們應該都聽說過。」

竹公子的一道菜千金難求，長安城內的人自然都聽聞過，陣陣難以相信的驚嘆聲，還有七嘴八舌的議論聲，惹得雲歌偷偷瞪了許平君一眼，又笑嘻嘻地對眾人說：「我不算什麼，許皇后的斂財、潑辣、吝嗇、摳門才是早出了名的，大家若不信，儘管去和她家以前的鄰居打聽，那是蚊子腿上的肉都要剮下，醃一醃，準備明年用的人。只要天下太平，長安城裡處處油水，你們的老婆、孩子交給她，肯定不用愁！」

眾人大笑起來，原本愁雲籠罩的長安城驟然變得輕鬆。笑聲中，恐懼、擔憂在消散，自信、力量在凝聚。

其實世間的男兒有幾個會甘於平凡庸碌，不願意馳騁縱橫、建功立業呢？如果說男兒的勇氣是劍和馬，是勇往直前、衝鋒陷陣，那麼女子的溫柔則是家和燈，是寧靜的守護、溫暖的等待。因為有了守護和等待，男兒的馬才會更快，劍才會更鋒利。許平君用一顆妻子和母親的心，承諾了和所有的妻子、母親一道守護和等待。所以這些男兒的心可以毫無後顧之憂地向前衝去。

雲歌怕許平君站得太久累著，笑對大家告了聲辭，扶著許平君向城內行去，眾人都很自然地站起來給她們讓道。不少人都叮囑許平君當心身子，好生保養，還有老婆婆說家裡養了隻三年的老母雞，回頭給娘娘送來。

城樓上的四道目光一直凝在她們身上。其中兩道的恨怒，即使隔著人海，仍然感覺明顯，可從這一刻起，許平君已真正無所畏懼；另外兩道目光中所蘊藏的東西卻辨不明白，可她已不會再費心探究。

離未央宮越來越近，人群的聲音越去越遠。

道路兩側開了不少花，幾隻彩蝶在花叢間翩翩飛舞。許平君和雲歌都被牠們的曼妙舞姿吸引，不禁駐足欣賞。

雲歌微笑著想，當眾人看到蝴蝶的美麗時，有誰能想到牠們曾是普通的毛毛蟲？又有誰知道牠們破繭成蝶時的無奈和痛苦呢？

兩人看了一小會兒，又向前行去，許平君輕聲說：「謝謝妳。」

許平君的謝謝來得莫名其妙，雲歌卻很明白，微笑著搖頭，「姐姐該謝的是自己，不是我。妳說的那些話，我也是第一次聽到。姐姐，妳不知道妳說那些話時的身影多麼美麗！燦爛的陽光照著妳，妳就像……像麥草，不過不是剛長出來的稚嫩麥草，而是已經歷過日曬雨淋後的金黃麥穗，想想，金色陽光下耀眼的金黃，那種美麗絕對不輸給水仙、牡丹！」

許平君不好意思起來，笑啐了一聲，「好了！又不是作歌賦，還沒完沒了了？」她握著雲歌的手說：「如果不是知道妳一直會站在我身邊，我也許根本就沒有勇氣去正視他們、正視自己。」

雲歌側著頭嬌俏地笑起來，「姐姐也一直陪著我的呀！妳不在我身邊，我怎麼能在妳身邊？」

許平君思索著雲歌的後一句話，既高興又悲傷地笑起來。是啊！妳不在我身邊，我怎能在妳身邊？

冰冷的巍巍宮牆間，兩個女子相攜而行，陽光下的身影透著脈脈溫暖。

第五十四章 當時不是錯，好花月，合受天公妒

大雨越下越急，砸得大地都似在輕顫。
平陵的玉石臺階上，兩道鮮紅的血水混著雨水，蜿蜒流下，
從遠處看，如同帝陵的兩道血淚……

雲歌本就是個聰慧的人，現在又碰到一個高明的師父，再加上自己很刻苦，半年時間，醫術已非一般醫者可比。隨著懂得的醫理越多，雲歌心中的疑惑也越多，遍翻典籍，卻沒有一本書可以給她答案。本來，孟玨是解答疑惑的最佳人選，可她不想問他，那麼只能去找另一個人了。

雲歌以為一到太醫院就能找到張太醫，沒想到張太醫已經離開太醫院。原來，雖然張太醫救過太子的性命，皇上也重重賞賜了他，可事情過後，皇上依然將他遺忘在角落，他的一身醫術仍無用武之地，張太醫從最初的苦悶不甘到後來的看淡大悟，最後向劉詢請辭，離開了太醫院。

依循一個和張太醫交情不錯的太醫指點，雲歌一路打聽著，尋到了張太醫的新家。

幾間舊草堂，門口的席子上坐滿了等著看病的人，張太醫正坐在草堂中替人看病，他身旁站著兩

個弟子，張太醫一邊診斷病情，一邊向學生解釋他的診斷。

雲歌站在門口，看著病人一個個愁眉苦臉地上前，又一個個眉目舒展地離去。早上，剛聽說張太醫辭官時，她本來心中很不平，可現在，聽著病人的一聲聲「謝謝」，看著他們感激的眼神，所有的不平都散了。

一個弟子走過來問道：「姑娘，妳看病嗎？」

「我不是……」

「雲姑娘？」聞聲抬頭的張太醫看到雲歌，驚呼了一聲，立即站了起來，「雲……孟夫人怎麼在這裡？」

雲歌笑道：「我本來是想來問你『你為何在這裡？是不是有人刁難你？』可在這裡站了一會兒後，突然就覺得什麼都不想問了。我在想，即使是有人逼得張先生離開，張先生只怕還感激他呢！」

張先生大笑起來，聲音中有從未聽聞過的開朗愉悅。他向弟子吩咐了幾句後，對雲歌說：「草堂簡陋就不招待貴客了，幸好田野風光明媚，姑娘就隨老夫去田野間走走吧！」

兩人踱步出了草堂，沿著田地散步。碧藍天空下，一畦畦的金黃或翠綠暈染得大地斑斕多姿。農人們在田間地頭忙碌，看到張先生，都放下了手頭的活兒，向張先生打招呼問好，雲歌在他們簡單的動作後看到了尊敬，這些東西是太醫們永遠得不到的。

「張先生，我現在也在學醫，你猜我的師父是誰？」

張先生笑道：「孟夫人的這個謎語可不難猜，孟大人一身醫術可謂冠絕天下，自不會再找外人。」

雲歌笑著搖頭，「錯了！他只是我的師兄，不是我的師父，還有，張先生就不要叫我孟夫人了，叫我『雲歌』或者『雲姑娘』都成。」

張先生怔了一怔，說道：「原來是代師傳藝！這是雲姑娘之喜，也是孟九公子之喜，更是天下病者之喜！」張先生說到「孟九公子」四字時，還遙遙對空中作了一揖，恭敬之情盡顯。

雲歌不好意思地說：「張先生過獎了，我只能盡力不辜負師父的盛名。」

張先生拈鬚而笑，孟珏雖聰明絕頂，可不是學醫的人，雲歌也許才是真正能繼承那位孟九公子衣缽的人。

「不過，我學醫的目的不對，希望師父能原諒我。我不是為了行醫救人，而是……」雲歌站定，盯向張先生，「而是為了尋求謎底。『皇上的內症是心神鬱逆，以致情志內傷，肝失疏泄，脾失健運，臟腑陰陽氣血失調，導致心竅閉阻；外症則表現為胸部滿悶，脅肋脹痛，嚴重時會髓海不足，腦轉耳鳴，心疼難忍，四肢痙攣。』」雲歌一字字將張先生當年說過的話重複了一遍。

張先生沉默著沒有說話。

「你們都說是胸痺，可胸痺雖是險症，卻從未有記載會在壯年發病。我想知道，連我這個初學醫的人都覺得困惑不解，張先生就沒有過疑問嗎？今日，我站在這裡，只要聽實話。」

張先生輕嘆了口氣，「困惑、不解都有過，我的疑問遠不止這些。」

「洗耳恭聽。」

「一則，確如姑娘所言，除非先天不足，否則胸痺雖是重症，卻很少在青壯年發病。皇上自小身體強健，當年又正值盛年，即使心神郁逆，勞思積胸，也不該在這個年齡就得胸痺。二則，據我觀察，以當時的情況而言，根本無發病的可能。自雲姑娘進宮，皇上的心情大好，面色健康，即使有

病，也該減輕，沒有道理突然發病。三則，《素問．至真要大論》中說『寒氣大來，水之勝也，火熱受邪，心病生焉。』皇上應是突受寒氣侵襲，引發了病痛。」張先生抬起一隻胳膊，指著自己的衣袖說：「就如此布，即使十分脆弱，遇火即成灰燼，但只要沒有火，它卻仍可以穿四五年。」

雲歌思索著說：「張先生的意思是說，有人把火放在了衣袖下？」

張先生忙說：「我不是這個意思。並不見得是有人把火放在了衣袖下，也許是風吹來了火星，也許是其他原因撕裂了衣袖，各種可能都有。」

雲歌的神色嚴厲，詰問：「張先生既然有此不解，為什麼從沒提過？就不怕萬一真有人點火？」

張先生誠懇地解釋：「皇上得病是關乎社稷的大事，如果說皇上中毒，一個不小心就會釀成大禍，我當然不能只憑自己的懷疑就隨意說話，我暗中反覆查證和留意過，我以性命和姑娘保證，皇上絕不是中毒。」

「你憑什麼這麼肯定？」

「所有能導致胸痺症狀的毒藥都必須透過飲食才能進入五臟，毒損心竅，而且一旦毒發，立即斃命，可皇上的胸痺卻是慢症。我又拜託過于安仔細留意皇上的飲食，他自小就接受這方面的調教，經驗豐富，卻沒有發現任何疑點，而且最重要的一點是，皇上的所有飲食，都會有宦官先試毒，沒有任何宦官有中毒跡象。」

雲歌無語，的確如張先生所說，于安的忠心毋庸置疑，又沒有任何宦官有中毒的跡象，在這樣的鐵證面前，任何的懷疑都是多餘的。

張先生道：「雲姑娘，下面的話，我是站在一個長輩的立場來說，我真心希望將來妳願意讓我誠心誠意喊妳一聲『孟夫人』，人這一生，不管經歷多大的痛，都得咬著牙往前走，不能總在原地徘徊。」

雲歌的眼中有了濛濛淚光，望著田野間的斑斕色彩，不說話。天地間再絢爛的色彩，在她眼中，都是迷濛。

「不是說妳永遠停留在原地就是記憶，皇上會願意看到妳這個樣子嗎？他已經……」

雲歌好似很怕聽到那個字，匆匆說：「張先生，你不明白，對我而言，他沒有離開，他一直都在那裡。」

張先生愣住，還想說話，雲歌急急地說：「張先生，我走了，有空我再來看你。」腳步零亂，近乎逃一般地跑走了。

纖細的身影在絢爛的色彩間迅速遠去，張先生望著她的背影，搖著頭嘆氣。

自張先生處回來，雲歌就一直一個人坐著發呆。

難道那日晚上是她多心了？霍成君和霍光的對話是另有所指？

張先生的話有理有據，也許的確是她多疑了，也許她只是給自己一個藉口，一個可以揪住過去不放的藉口。

所有的人都在往前走，朝堂上的臣子們日日記掛的皇帝是劉詢，百姓們知道的天子是劉詢，宮中的宦官宮女想要討好的人是劉詢，霍光要鬥的人是劉詢。所有的人都早忘記了。喜歡他的人，討好他的人，甚至包括忌憚、痛恨過他的人，都已經漸漸將他忘記。

他的身影在流逝的時光中，一日日消淡，直到最後，變成了史書中幾筆淡淡的墨痕，夾在一堆豐功偉業的皇帝中，毫不引人注目。

唯有她清醒，時光流逝中，一切沒有變淡，反倒更加分明。她在清醒中，變得十分不合時宜。每個人都希望能追逐著他們想要的，迅疾地往前走，可她卻在不停地提醒著他們，不許遺忘！不許遺忘！他曾在金鑾殿上坐過，他曾在神明臺上笑過，他曾那麼努力地想讓你們過得更好，你們不可以忘記……

是不是因為前方已經沒有她想要的了？所以當人人追逐著向前去時，她卻只想站在原地。

曾告訴過自己要堅強，曾告訴自己不哭，可是淚珠絲毫不受控制地落下。

陵哥哥，我想你！我很想、很想你！我知道你想我堅強，我會的，我會的……

雲歌在心裡一遍遍許著諾言，眼淚卻是越流越急。

院中，竹林掩映下，孟玨靜靜而站，身影凝固得如同嵌入了黑夜。

她窗前的燭火清晰可見，只要再走幾步，他就可以跨入屋中，與她共坐，同剪夜燭，可這幾步卻成了天塹。

她的每一滴淚，都打在了他心頭，他卻只能站在遠處，若無其事地靜看。

她一面哭著，一面查看著劉弗陵的遺物，一卷畫、一件衣袍、一方印章，她都能看半晌。

很久後，她吹熄了燈，掩上了窗，將他關在了她的世界外面。漫漫黑夜，只餘他一人痴立在她的窗外。

夜，很安靜，靜得能聽到露珠滴落竹葉的聲音。

天上的星一閃一閃，似乎不明白他為什麼要一個人獨立於夜露中。

清晨，當金色的陽光投在窗戶上時，鳥兒的唧唧喳喳聲也響了起來。

三月抱著兩卷書，走進了竹軒。

雲歌正在梳頭，見到她，指了指書架，示意她把書放過去。三月已經習慣她的冷淡，心情絲毫不受影響，笑咪咪地說：「公子本來昨天就讓我把這兩卷書拿給妳，我聽丫頭說妳出門了，就沒有過來。公子說他這兩天恐怕會在宮裡待到很晚，如果妳有什麼問題，就先記下，過兩天一塊解答。」

雲歌淡淡「嗯」了一聲。

三月放下書後，看到一旁的案上攤著一幅卷軸，上面畫了不少的花樣。她笑著湊過去看，每朵花的旁邊，還寫著一排排的小字，三月正要細讀。雲歌瞥到，神色立變，扔下梳子，就去搶畫，幾下就把卷軸合上，「妳若沒事就回去吧！」

三月無趣，一面往外走，一面嘀咕：「不就是幾朵花嗎？人家又不是沒見過，那次我和公子去爬山時，還見到過一大片……」

「站住！」

三月停住腳步，不解地回頭。

「妳見過的是哪種花？」

雲歌說話的語氣尖銳犀利，三月心中很不舒服，可想到她救過孟玨，再多的不舒服也只能壓下去，回道：「就是那種像鐘一樣的花，顏色可好看了，像落霞一樣絢爛，我問公子，公子說他也不知

道叫什麼名字。」

雲歌的臉色發白，「妳在哪裡見過？」

「嗯……」三月想了會說，「長安城外的一座山上，好大好大一片，美麗得驚人。」

「妳帶我去。」

「啊？我還有事……」

雲歌連頭也不梳了，抓住三月的手就往外跑，三月被她掐得疼，想要甩掉雲歌，可變換了好幾種手法，都沒有辦法甩掉雲歌的手，她心中大駭，雲歌的功夫幾時這麼好了？終於忍不住疼得叫起來，「我帶妳去就行了，妳放開我！妳想掐死我嗎？」

雲歌鬆開了她，吩咐于安立即駕車。

出了孟府，三月邊回憶邊走，時有差錯，還得繞回去，重新走。待尋到一座荒山下，三月一眼就看見了那個美麗的湖，歡叫起來，「就是這裡了！這個湖裡有很多的魚，上次我還看到……」

雲歌沒有絲毫興趣聽她嘮叨，冷聲吩咐，「帶我上山，去找妳看到的花。」

三月噘著嘴，在前面領路。沿著溪水而上時，雲歌的速度一直很快，突然間，她停住了步子，抬頭看著山崖上一叢叢的藤蘿。

那些藤蘿在溪水瀑布的沖刷下，有的青翠欲滴，有的深幽沉靜。三月看她盯著看了半天都不走，小聲說：「這叫野葛，公子上次來，告訴我的。」

「孟玨告訴妳這叫野葛？」

三月點頭，「是啊！難道不對嗎？」

雲歌的臉色煞白到一點血色也無，她一句話不說地繼續向上爬去。

到了山頂，三月憑藉著記憶來回找，卻始終沒有發現那片燦若晚霞的花，她越找越急，喃喃說：「就在這附近的呀！怎麼沒有了！」

雲歌問：「妳究竟有沒有看到過那種花？」

三月凝神想了一會兒，最後無比肯定地說：「就在前面的這片松柏下，我記得這片樹，還有這個泉水，當時泉水也像今天一樣叮咚叮咚地響，配著那片鐘形的花，就像仙女在跳舞。可是……花呢？那麼一大片花，怎麼一株都沒有了？」

雲歌盯著眼前的茵茵青草，寒聲說：「妳家公子會讓這片花還繼續存在嗎？」

「啊？」三月接觸到雲歌的視線，全身一個寒戰，一瞬間，竟然有想逃跑的念頭。

雲歌盯著看了許久，開始往回走。以她現在的武功，根本不可能摔跤，所以三月也就沒有留意過她，可是在一處陡坡，雲歌卻腳下一軟，整個人骨碌碌地就滾了下去，三月嚇得大叫起來。幸虧雲歌最後勾住了一片野葛，才沒有掉下懸崖。

三月嚇得魂飛魄散，忙把雲歌拽上來。雲歌的手腕上、腿上劃出了血痕，不知道是疼的，還是野葛上的露水，她的臉上還有一顆顆的水珠。三月想要扶著她下山，她卻一站穩就推開了她的手，如避猛虎，一個人跌跌撞撞地向山下跑去。

在湖邊守著馬車等候的于安，看到雲歌滿身血痕的樣子，大吃一驚，以為有變故，手腕一抖，就將軟劍拔出，縱身上前來護雲歌。緊跟在雲歌身後的三月又是哭笑不得，又是吃驚，雲歌身邊不起眼的一個人怎麼武功也如此高強？難道真如師弟猜測，此人是從宮裡出來的高手？

「于大哥，雲姑娘是在山上摔了一跤，沒有人追殺我們。」

于安把軟劍繞回腰間，去扶雲歌，滿心不解。雲歌現在的武功如何，他都看在眼裡，竟然會摔跤？

雲歌躲在馬車裡，一聲不發，于安也不說話，三月只能一個人無趣地坐著，心中暗暗發誓，以後再不和雲歌出來。這丫頭越來越古怪，也越來越讓人難以忍受！

回到竹軒後，雲歌一個人在屋子裡走來走去，如同一隻困獸，希冀著能尋到一個出口，卻發覺無論如何掙扎，周圍全是死路。

在她心中，仍有一絲不敢相信，或者說不願相信。孟玨，他……他……真的這麼狠毒嗎？

野葛，其實真正的名字該叫鉤吻，如果有動物誤吃了它，會呼吸麻痺、肌肉無力，最後因為窒息而心臟慢慢停止跳動。

而那種像鐘一樣的美麗花朵有一個並不美麗的名字：狐套，它的花期很短，可這種花卻是毒中之毒，會讓心臟疼痛，心跳減弱，誤食者，剎那間就會身亡，且無解藥，不是配不出來解藥，而是有也沒什麼用，因為它毒發的時間太快。

這兩種毒藥都可以在某個方面營造出胸痺的假象，可是它們毒發的速度太快，陵哥哥的病是慢症，但孟玨善於用毒，也許在張先生眼中不可能的事情，孟玨完全可以做到……

雲歌的身子一軟，又要摔倒，忙扶住了書架，她只覺得自己的心也如中了鉤吻的毒，窒息般的疼痛，像是整個胸腔就要炸開，手在不停地抖，身子也在不停地抖。霍光，也許這些都是霍光一人所幹，霍光和霍成君都知道這些花的存在，這些事情也許和孟玨沒有關係，可孟玨如何知道這些花的？他為什麼要騙三月？他怎麼可能不認識狐套？不知道野葛的真名？如果他心中無鬼，他為什麼……

丫鬟捧著香爐進來，本來面有笑容，可看到雲歌的臉色，再被雲歌幾近瘋狂的視線一掃，笑容一下就全沒了，囁嚅著說：「夫人早上受驚了，奴婢想著薰香安神，特意燒了一爐，夫人若不喜歡，奴婢這就拿出去。」

雲歌聞到香的味道，模糊地想著此香中有梔子和幽芷，性寒，隱隱間，一道電光閃過，腦袋裡轟然一聲巨響，身子向後倒去，丫鬟忙去扶她，哭著叫：「夫人？夫人？奴婢去請太醫。」

雲歌眼前的黑影淡了，漸漸地幻成了血紅，一瞬後，她強撐著坐了起來，虛弱地吩咐：「去叫于安過來。」

于安匆匆過來，看到雲歌的樣子，眼睛立即濕了，跪在她榻前說道：「姑娘，妳再這麼糟蹋自己，老奴不如一死了之，反正地下也無顏見皇上。」

這是于安第一次在雲歌面前提起劉弗陵的死，雲歌的眼淚一下就湧了出來，又立即抹去，「于安，幫我做一件事情，不能讓這府裡的任何人知道。你幫我去藥店配一副香。」

于安凝神細聽。

雲歌一邊思索，一邊慢慢地說：「款冬，幽芷，薏苡，梅冰，竹瀝，梔子……」想了好一會兒，又猶豫著加上，「山夜蘭，天南星，楓香脂。」

于安答應著去了，雲歌躺在榻上，全身冰涼、腦內一片空白，是與不是，等于安回來後，就能全部知道了。

很久後，于安才回來，說道：「這香很難做，跑了好幾個藥鋪都說做不了，我沒有辦法了，就跑到張太醫那裡，他現在正好開了個小藥堂，他親手幫我配了香，還說，如果不著急用，最好能給他三天時間，現在時間太趕，藥效只怕不好。」

雲歌閉著眼睛說：「把香燃上。」

于安重新拿了個熏爐出來，熟練麻利地將香放進了爐子。一會兒後，青煙繚繚而上，他深嗅了嗅，遲疑地說：「這香氣聞著好熟悉！好像是……姑娘好似用過，這似乎是孟公子當年為姑娘配製的香。」

回頭想向雲歌求證，卻看到雲歌臉色泛青，人已昏厥過去，他幾步衝到榻旁，扶起雲歌，去掐她的人中，雲歌胸中的一口氣終於換了過來，舊疾卻被牽引而出，劇烈地咳嗽起來，無論于安如何給她順氣都沒有用，咳得越來越重，嘴角慢慢地沁出了血絲，于安不敢再遲疑，揚聲叫人，想吩咐她們立即去請孟玨。

雲歌拽著他的胳膊，一邊咳嗽，一邊一字字地說：「不許找他！他是我們的仇人！我不會死，至少不會死在他之前！」

于安忙又喝退丫頭，匆匆拿了杯水，讓雲歌漱口，「我的命是孟公子護下，否則今上雖不敢明殺我，悄無聲息地暗殺掉我卻不難。富裕，還有姑娘……」

雲歌將一截藥草含進口中，壓制住肺部的劇痛，「我的醫術不好，我不知道他是如何用的毒，反正他肯定是想出了法子，將劇毒的藥物變作了隱性的毒，讓你們沒有辦法試出來，然後再用這個香做藥引子，激發了陵哥哥體內的毒。這香可以清肺熱、理氣機，卻寒氣凝聚，正好解釋了張太醫一直想不通的『寒氣大來，心病生焉』，是我……是我……是我害死了他……」雲歌猛地抽手去搧自己，于安被雲歌所說的話驚得呆住，反應慢了，阻止時，雲歌已經一巴掌結結實實地打在了自己臉上，于安忙抓住了她的手腕，她仍掙扎著想打自己。

于安哭起來，「姑娘！姑娘！」

雲歌一連串的咳嗽中，一口心血吐出，力氣盡失，人癱軟在榻上，雙眼空洞，直直地看著虛空，面色如死灰，唇周卻是紫紺色。

于安看她不咳嗽了，不知道是好是壞，哭著說：「要不然，我們現在就搬出這裡，先去張太醫那裡，讓他給妳看一下病。」

雲歌唇角抽了抽，低聲說：「我要留在這裡。于安，我的書架後藏著一卷畫，你去拿過來。」

于安依言將畫軸拿出來，打開後，看到白絹上繪製了好多種花草，一眼看去都是毒藥。

「左下角，畫著一株藤蔓樣的植物。」

「嗯，看到了。」于安一面答應著，一面去看旁邊的注釋：鉤吻，性劇毒，味辛苦……

「我們今天早上去過的山上，溪水旁長了不少這樣的植物，你去拔一小株回來。」

于安看著雲歌，遲疑地說：「妳現在這個樣子……」

雲歌灰白的臉上露出一絲怪異的笑，「我這就給自己開方子治病，你放心，我會很好很好。」

孟玨回到府中時，天色已經全黑。不知道霍光怎麼想的，突然和他走得極其近，似乎一切遠征羌族的事情都要和他商量一下，許平君有孕在身，前段時間又開了兩個大的繡坊，專門招募征夫的家

眷，忙得連兒子都顧不上，太子殿下似乎變成了他的兒子，日日跟在他身邊出出進進。不過，雖然忙碌，他的心情倒是難得的平和，因為知道每日進門的時候，都有個人在自己身邊。雖然，他還在她緊閉的門窗之外，但是，和十幾年前比，狀況已經好多了。那個時候，她連他是誰都不知道，至少現在她知道他，她還為了救他，不惜孤身犯險。所以，他充滿信心地等著她打開心門的那一日，也許十年，也許二十年，他都不在乎，反正他有一生的時間去等待，只要她在那裡。

剛推開門，就察覺屋裡有人，他沉聲問：「誰？」

「是我！」

雲歌點亮了燈，笑吟吟地看著他。

他笑了，「妳怎麼一個人坐在黑屋子裡？」看清楚她，幾步就走了過來，「妳怎麼了？臉色怎麼這麼難看？」

雲歌若無其事地說：「下午的時候舊疾有些犯了，不過已經沒事了。」

孟玨雖然明知道雲歌會拒絕，仍然忍不住地說：「我幫妳看一下。」

不想雲歌淺淺一笑，應道：「好啊！等你用過飯後，就幫我看一下吧！」

孟玨愣住，雲歌跟著他學醫，受的是義父的恩惠，她一直不肯接受他的半絲好意，今日竟……一個驚訝未完，另一個更大的驚訝又來。

「你用過飯了嗎？」

「還沒。」

「我很久沒有做過菜了，也不知道味道如何，不過，你也吃不出味道來，所以就看看菜式，填填肚子吧！」

孟玨只覺得如同做夢，不能置信地盯著雲歌，「雲歌，妳……」

雲歌抿著唇，似笑似嗔，「你若不肯吃拉倒！」說完，就要起身走人，孟玨忙去拽她，「不，不，我肯吃！我肯吃！我肯吃……」一連說了三遍還不夠，還想繼續說。

雲歌打斷了他，抽出手，低著頭說：「好了，我知道了。你去換衣服吧！我很快就來，等你換好衣服，我們就用飯。」

孟玨太過欣喜，什麼都顧不上，立即去屋裡換衣服，一面想著，雲歌還不知道他的味覺已經恢復，他相信自己也能品出她菜裡的心思，待會兒他要一道道菜仔細品嘗，然後將每一道菜的滋味、菜名都告訴她，也算是給她的一個驚喜。

雲歌將所有的菜都放在了食盒裡，看著最後的一道湯，卻好一會兒都沒有動。

守在門口的于安見狀，走到她身旁小聲說：「姑娘，孟玨的武功不如我，我去一劍給他個了斷就可以了，妳何必如此自苦……」

雲歌臉上有渺茫的微笑，幽幽地說：「鉤吻，會讓人呼吸困難，然後心臟慢慢地停止跳動，你能想像人的心一點一點地停止跳動嗎？人會很痛、很痛，『痛不欲生』就是形容這種痛苦。陵哥哥卻忍受過無數次。我要看著孟玨慢慢地、痛苦地死去，他是自作孽，不可活，我是從犯，也該自懲。你知道嗎？我貼在陵哥哥胸口親耳聽到他的心跳一點點，一點點……」她眼中有淚珠滾來滾去，她猛地深

吸了口氣，從懷裡拿出一小截鉤吻，放進了湯裡，然後提起了瓦罐，「你回去收拾包裹，我一會兒就去找你。」

于安面色慘白，想要勸她，卻知道如果能勸，早就勸住了，只能目送著她一手提著食盒，一手提著瓦罐，獨自一人走進了黑暗的夜色。

孟玨脫下官服後，猶豫著不知道該選哪件衣服，左看右看了半晌，忽地自嘲地笑出來。笑聲中，閉著眼睛，隨手一抽，抽出來的衣服竟是放在最底下的一件，是當年在甘泉山上，深夜背雲歌去看瀑布時穿過的袍子。後來，因為種種原因，他幾次想扔掉，卻又都沒扔，只是越放越深，最後藏在了最底下。他拿著袍子，怔忡了好一會兒，穿上了它，淡笑著想，反正她也不會認出來的。

換好衣服，孟玨擦了把臉，坐到案前靜等。

安靜的夜裡，只覺得心跳得快，外面忽然起風了，窗戶被吹得劈啪作響，他忙起身去關窗戶。夏日的天多變，回來時，還覺得天空澄淨，星多雲少，就這一會兒的工夫，已經看不到一顆星星，青黑的天上堆著一層又一層的厚雲，好似就連著屋簷。

孟玨正擔心，就看到雲歌兩手提著東西，行走在風裡，裙裾、頭髮都被風吹得凌亂。

他跑出去接她，剛到她身邊，天上一個驚雷炸響，雲歌身子猛地一個哆嗦，手中的瓦罐鬆脫，砸向地上。他忙彎身一撈，將瓦罐接住，另一隻手握住雲歌的手，跑了起來，進屋子後，他去關門，「看樣子，要有場大雨了。」一轉身，看見雲歌仍提著食盒立在那裡，正呆呆地盯著他的手。搖曳的燭光，將她的身影勾勒得模糊不清，他剛想細看，她側頭看著他一笑，將瓦罐從他手中接過，小心翼翼地放到案頭，「這是湯，一會兒再喝，先吃菜吧！」

她把食盒打開，笑著說：「孟公子請坐，在下要上菜了。」

孟玨笑起來，坐到案前，先對她作了一揖道謝。

雲歌將四道菜擺好，微笑著說：「你一邊吃，我可以一邊告訴你每道菜的味道，這道菜是用……」

孟玨笑著阻止了她，「是吃菜品味，而非吃菜聽味，讓我自己慢慢吃，慢慢想吧！」

雲歌淡淡一笑，隨他去了，自己低頭吃了兩口五色雜飯，卻食不知味，只得放下了筷子。

孟玨看著桌上的菜肴，琢磨著該先吃哪一盤。一眼看去，似乎十分分明，雲歌的四道菜，展示了四個季節，春夏秋冬，按照四時節氣去用就可以了。可是……一瞬後，他拿定了主意，舉筷去夾一片片冰晶狀的雪花，此菜堆疊錯落有致，形如梅花。

雲歌看到他的動作，有些詫異地抬頭看了他一眼，撐著下巴沒有說話。

冰涼爽口中透著若有更若無的甜，梅花的香在口中化開，清雅甘洌。這盤菜雖然是雪花，隱的卻是報春的梅花。

初相逢的感覺大概就是如此，一切都若有若無，淡香中卻自有一番濃郁。孟玨想到乞丐打扮的男孩，綠裙曳地的少女，昔日的頑皮古怪、明眸笑語、蹙眉嗔目、飛揚明媚都從眼前掠過，不禁淡淡地笑開。

吃了幾口後，他又去夾一碗半透明的桃花桂魚。桃花、流水、桂魚，都是春天的景色，可雲歌最後用了桃膠調味，桃膠是桃樹上分泌出的膠體，如同桃樹流出的眼淚，所以民間也叫「桃淚」，而且

這些桃花全是零星的花瓣，並非完整的花，應是暗喻落花紛紛，淚眼送春，所以此菜雖是春景，打的卻是夏季。

桂魚的味道很鮮美，再配以桃花的香氣，更是味足香濃。恰如兩人正好的時候，月夜中，他背她去看瀑布；月光虹前，他第一次對她敞開了心扉；山頂上，他挽住她的髮，許下了此生此世的誓言，那時的她和他應該都是濃香中欲醉的人。

第三道菜，荼蘼燉小羊肉，乳白色的湯上，星星點點粉紅的荼蘼，煞是漂亮。看到荼蘼，會很容易猜到夏季，不過荼蘼花雖然開在夏季，卻是夏季最後的一朵花，它謝時，秋天就已經要來了。

不知道為什麼，羊肉一入口，先前的滿口濃香一下就變了味道，竟是難言的辛辣，孟玨臉上的笑僵了一僵，不動聲色地將羊肉嚥下，去夾最後一盤菜。

最後一盤菜是菊花醉紫蟹，菊花是秋風中的花，紫蟹也正是金秋時節最好的食物，但是依照前面三盤菜，類推到此，孟玨已經可以肯定，這盤菜是秋景冬象。果然，揭開紫蟹殼，裡面壓根就沒有蟹肉，用的是剁碎的河蝦混以豬肉填在螃蟹殼裡。似乎暗諷著，不是吃蟹的季節，也就別想著吃蟹了。

孟玨要鼓一鼓勇氣，才敢去夾菜，剛入口，下意識的動作就是想立即吐掉，可他仍然微笑著，如同品嘗著最甘美的佳餚，將菜細細咀嚼後吞了進去，不但吞了，他還又夾了一口菜，又經歷著一輪痛苦，胃裡翻江倒海，苦不堪言。心，也在苦不堪言中慢慢地沉了下去。雲歌用了天下最苦的幾味藥草熬煮蝦肉和豬肉，如果是恨，那麼一定是彙集了天下最苦的恨。

「覺得如何？」

她的眉眼中似是盈盈的笑意，起先太過開心，沒有仔細看，他現在才看清楚，那笑容下深藏的恨。

也許因為絕望，他麻木地笑著，「很好。」

她提過了瓦罐，盛了一碗湯，還很溫柔地吹了吹，等涼一些了，才端給他，「這是最後一道菜，用了很特殊的材料熬製的湯，你嚐嚐。」

他接過，輕輕地抿了下，舌尖剛碰到湯，一股異樣的辛苦就直沖腦門，鉤吻！原來如此！老天竟然一點機會都不給他，她終是知道了，到這一步，他和她之間，一切都無可挽回！

他抬頭看向雲歌，雲歌抿著唇，盈盈地笑著，兩人之間，眼波交會，似是纏綿不捨，也似是不死不休。

他覺得自己好似置身於大漠，一輪酷日炙烤著天地，四周是看不見盡頭的黃沙，而他已經在這片荒漠中跋涉了一生，卻看不到任何能走出荒漠的希望，濃重的疲憊厭倦襲來，他看著她笑了，一面笑著，一面大大地喝了一口湯。

雲歌看到他吞下湯的同時，臉色刷地慘白，她卻完全不知道自己的臉色變化，仍然強撐著，坐得好似姿態愜意，微笑地凝視著他。

他也微笑地凝視著她，一口一口地喝著湯，當喝完最後一口，他輕聲喚道：「雲歌，妳坐過來，我有幾句話和妳說。」

雲歌煞白著臉，搖搖晃晃地站起來，如同失魂的人一般，坐在了他的身邊。

「雲歌，我待會兒就要去睡覺了。妳帶著于安離開長安，回家去。霍光的事情，妳就不要再想了，劉詢會替妳報仇，妳只需等著看就行了，他出手一定狠過妳千百倍，至於劉詢……」他細看著雲歌的神情，看她沒什麼反應，心裡舒了口氣，「如果有一天……反正妳只要記住，劉詢以後的日子也

不會好過，會有人去『懲罰』他所做的一切。一時間，我給妳解釋不清楚，但是，我向妳保證，劉詢讓妳承受的一切，日後他也會點滴不落地承受。」

雲歌的眼睛裡有濛濛的水汽，孟玨笑看著案上的菜肴，說道：「這幾句話，我想說了很久，卻一直不敢說。雲歌，高山流水，伯牙子期的故事雖然感人，但伯牙為子期裂琴絕弦並不值得稱道。琴音是心音，我想伯牙第一次彈琴時，只是為自己的心而奏，子期若真是伯牙的知音，肯定希望他的心能繼續在高山流水間，而非終身不再彈琴。在劉弗陵心中，妳的菜絕不僅僅只是用來愉悅他的口腹！妳應該繼續去做好吃的菜，不要忘記了妳做菜的本心！」

雲歌的一串眼淚掉落，孟玨想輕輕撫摸一下她的頭，手卻已經開始不受控制地顫抖，他笑著起身，掙扎著向室內走去，「妳走吧！走得越遠越好，劉……」他的步子一軟，就要栽向地上，他忙靠到了牆上。

他扶著牆，大喘著氣，慢慢地向前走著，「劉弗陵即使知道今日的一切，他也不會希望妳去為他報仇。他只希望妳能過得好，殺人……能讓他活過來嗎？能讓妳快樂一點嗎？每害一個人，妳的痛苦就會越重！雲歌，妳不是個會恨人的人，劉弗陵也不是，所以離開，帶著他一塊離開！仇恨是個沼澤，越用力只是越沉淪，不要……不要……」他深吸了好幾口氣，才終於說完，「……再糾纏！」

屋子外面，幾聲驚雷，將痴痴呆呆的雲歌炸醒，她猛地跳了起來，眼中含著恐懼地望著孟玨。

孟玨手抓著珠簾，想要掀開簾子，進裡屋，卻身子搖晃，他盡力去穩住身子，但沒有成功，喀嚓幾聲，他拽著的珠簾全部斷裂。在叮叮咚咚的玉珠墜地聲音中，他跌在了地上，再也爬不起來。

孟玨的臉色越來越青紫，胸膛急劇地起伏，四肢開始一起抽搐痙攣。雲歌跑到他面前，對著他吼：「是我下的毒，是我下的毒！」

孟珏想笑，卻笑不出來，肌肉已經都不聽他的命令，他哆嗦著說：「我……我知道。」

「你該恨我，我也要恨你！聽到沒有，你要恨我，我也要恨你！」

孟珏的眼中全是悲傷，還有無盡的自嘲。雲歌，如果恨也是一種刻骨銘心的記憶，那麼妳就恨吧！胸痛欲裂，好似下一瞬，他就會在疼痛中炸裂，耳朵開始轟鳴，眼前開始發黑，就在意識昏迷的剎那，他仍想努力地再看她一眼。

「雲歌，離開！」

伴隨著最後的嘆息，他的眼睛終於無力地闔上。

雲歌的身子軟軟地跪向地上。

于安在竹軒裡越等越怕，為什麼雲歌還沒有回來？萬一孟珏發現雲歌想殺他呢？他會不會反向雲歌下毒手？最後實在再等不下去，他不顧雲歌吩咐，趕了過來，聽到雲歌的吼叫聲，立即推開了門，發現無聲無息躺在地上的孟珏，和滿臉悲傷絕望跪在地上的雲歌。

他衝上前去，抱起雲歌，想帶她走，卻發現她整個身子都在抖，她雙眼的瞳光渙散，整個人已在崩潰邊緣，嘴裡喃喃地說：「他死了，他死了，他也死了……」

在這一刻，于安清晰無比地明白，這世上有一種人永遠不會殺戮，而雲歌就恰好是這樣的人。如果說劉弗陵的死是她心靈上最沉重的負荷，那麼殺死害死了劉弗陵的人並不能讓雲歌的負荷減輕，反

而會讓負荷越來越重。如果孟玨現在死了，雲歌這一輩子也就完了，她會永遠背負著這個噩夢般的枷鎖，直到她背負不動，無力地倒下。

于安伸手去探查了一下孟玨的脈搏，抓住雲歌喝問：「解藥！給我解藥！」

雲歌痴痴傻傻地看著他，于安用了幾分內力，用力搖著雲歌，「孟玨還沒死！解藥，快點給我解藥！」

雲歌的瞳孔猛然間有了焦點，緊緊地盯著于安。

于安大聲地吼著，「他還沒死！」

雲歌的手哆嗦著從懷裡掏出了一株開著白色小花的植物，想餵給孟玨，可在手碰到孟玨身體的剎那，她又突地收回了手。他害死了陵哥哥呀！我是個懦夫！我竟然連報仇的勇氣都沒有！

她將那株藥草扔到孟玨身上，卻又完全不能原諒自己，一步步地後退著，驀地長長悲鳴了一聲，就向外跑去。

閃電中，幾聲雷怒，鋪天蓋地的大雨傾瀉而下，雲歌在大雨中歪歪斜斜地跑遠了。

于安想追她，卻又不得不先照顧孟玨。他扶起孟玨，先用內力幫他把毒壓住，看著白色的小花，十分不解，這不是他摘回來的鉤吻上攀附的一株植物嗎？當時沒多想，就順手一塊帶回來了，突然間，靈光一現，明白過來，世間萬物莫不相生相剋，此物既然長在鉤吻的旁邊，那麼應該就是鉤吻的解藥。

他忙把孟玨的嘴掐開，將草藥擠爛，把藥汁滴到了孟玨的嘴裡，隨著藥汁入腹，孟玨的呼吸漸漸正常，神識也恢復過來。

于安把整株藥草塞進他嘴裡，立即扔開了他，無比憎厭地說：「吃下去。」說完，就跑進了大雨裡。

在轟轟的雷鳴中，一道又一道的閃電在天空中劃過，如同金色的劍，質問著世間的不公，大雨無情地鞭笞著大地，似在拷問著世間的醜陋。

雲歌在大雨中奔跑，奔出了孟府，奔走在長安城的街道上，奔出了長安城。

天地再大，大不過心，她的心已無寧土，蒼茫天地間，她已經無處可去。

宏偉的平陵佇立在黑暗中，無論風雨再大，它回應的都是沉默。

「站住！」

守護帝王陵墓的侍衛出聲喝斥。雲歌卻聽而不聞，依舊向陵墓闖去。侍衛們忙拔出刀，上前攔人，雲歌身法迅疾，出手又重，將幾個侍衛重傷在地後，人已經接近陵墓主體。

大雨中，眾人的警戒都有些鬆懈，不想竟有人夜闖帝陵，侍衛們又是怒又是怕，忙叫人回長安城通傳，請調兵力。

其餘侍衛都奮力攔截雲歌，情勢漸漸危急，一個侍衛將她手中奪來的刀劈飛，另兩個侍衛左右合逼向她，雲歌向後退，後面卻還有一把刀，正無聲無息地刺向她。

雲歌感覺到後背的刀鋒時，一瞬間，竟然有如釋重負的安靜寧和，她凝望著不遠處的帝陵，心裡輕聲說：「我好累，我走不動了！」刀鋒刺入了雲歌的後背。雲歌本可以擋開前面的刀，她卻停了手，任由前面的刀也砍了過來。

在閃電扭動過天空的剎那光亮間，于安看到的就是雲歌即將被兵刃解體的一幕。可是他還在遠處，根本來不及救雲歌，魂飛魄散中，他淚流滿面，滿腔憤怒地悲叫，「皇——上——」

叫聲中，于安發了瘋地往前衝去，只想用手中的劍，殺掉一切的人，問清楚蒼天，為何要對好人如此？

幾個侍衛猛地聽到一聲「皇上」，多年養成的習慣，心神一顫，下意識地就要下跪，雖然及時反應過來，控制住了下意識的反應，可手上的動作還是慢了。雲歌卻在悲叫聲中驚醒，她還沒見到他呢！現在不能死！力由心生，身形拔起，藉著侍衛失神的瞬間，從刀鋒中逃開，幾個侍衛還欲再攻，于安已經趕至，一陣暴雨般密集的劍花，打得他們只能頻頻後退。

雲歌避開刀鋒後，就立即向前跑去，大部分侍衛都被于安攔住，零散幾個守陵侍衛也不是雲歌的對手，雲歌很快就跑到了陵墓前，可突然間，她又停了下來，抬頭看著臺階上方的墓碑，似乎想轉身離開，好一會兒後，她才一步步慢慢地上著臺階。

當她走到墓碑前，看到一堆諡號中的三個大字：劉弗陵。她身子軟軟地順著墓碑滑到了地上，眼淚也開始傾瀉而下。她一直不想面對這一切，因為她的記憶只停留在驪山上他和她相擁賞雪的一幕。

當時，他正和她說話，還要聽她唱歌，然後她睡著了，等醒來時，她就在古怪的驢車上了。她從來沒覺得他死了。在她的記憶中，他只是暫時離開，所以她從不肯聽任何人在她面前說他已經……死去。可是，現在，她終於不得不承認，他已經永遠離開了她，不管她哭她笑，不管她有多痛苦，他都不會再回應她，因為她的陵哥哥就躺在這個大大的土包下面，而讓他躺在裡面的兇手是孟玨，還有……她，若不是她給了孟玨可乘之機，陵哥哥不會中毒。而現在，她連替他報仇的勇氣都沒有，她殺不了孟玨，她殺不了孟玨！

「陵哥哥，我該怎麼辦？我該怎麼辦？」

雲歌的臉貼著冰冷的墓碑，卻若依在情人溫暖的懷抱，小聲地低喃著。

「陵哥哥，我好累！我真的走不動了。我知道你想我繼續爬山，你說山頂會有美麗的日出，不見得是我本來想要的，可也會很美麗，但我就是只想要你！我不想看別的日出！」

「陵哥哥，我可不可以不爬山了？我真的爬不動了，我想閉上眼睛睡覺，夢裡會有你，即使你不說話，也沒關係，我就想一直睡覺，我不想再醒來……」

「陵哥哥，你若知道我這麼辛苦，會不會心疼？你肯定也捨不得讓我去爬山了，對吧？你一定會同意我休息的……」

不小心驚擾了帝陵的安靜都是大罪，何況來者還夜闖帝陵、殺傷侍衛。裝備精良的援兵已到，領兵的軍官看到于安一人站在臺階上，以「一夫當關，萬夫莫開」之勢阻擋著眾人。一個人竟然就鬧得他半夜從榻上爬起來，冒著大雨出兵？大怒下命令，若不能生擒，就當即格殺。

于安雖然武功高強，可一個人怎麼都打不過上百的精兵。他邊打邊後退，漸漸地，已經退到了劉弗陵的墓前。

他手握長劍，一人站在臺階上，將雲歌護在身後，阻擋住士兵們再上前。因為周圍不是玉石欄杆就是雕像，全都是陪伴帝王安息的物品，類似未央宮宣室殿內的龍榻、龍案，侍衛怕刀劍揮砍中傷了帝陵的這些物品，別到時候功勞沒賞，反而先降罪，所以出刀都有顧忌。雖然于安還能苦苦支撐，盡力擋住侍衛不靠近雲歌，但時間一長，他自己也已是強弩之末，身上到處都是傷痕，隨時都有可能命喪士兵刀下。

領兵的軍官看到自己的部下被一個于安阻擋到現在，肝火旺盛，終於再也按捺不住，操起自己的

兩柄斧頭，一面向前衝，一面叫：「兄弟們，撂倒了他，回去烤火吃肉！」

士兵們一看頭兒親自衝鋒，也都開始玩命地往上攻，于安再難抵擋，回頭叫雲歌，想帶著她逃跑。可雲歌閉目靠在墓碑上，好似什麼都聽不到。

他匆匆後退，抓住雲歌的胳膊，想帶她走，可雲歌死死地抱住墓碑，喃喃說：「陵哥哥，我就在這裡，我累了，我不想爬山了……」

于安一時間根本拽不動，悲傷無奈下，只得放棄了逃走的打算，看到臺階下密布的人頭，正一個個擠著向前，他喟然長嘆，沒想到這就是他的結局！他以為他要遵守在皇上面前發的誓言，護衛雲歌一輩子！他想著只要他大叫出雲歌是孟玨的夫人，或者霍光的義女，那麼即使是闖帝陵這樣的重罪，這些官兵也不敢當場殺害雲歌，可是……

他回頭看到雲歌的樣子，想到劉弗陵的離去，突然握緊了手中的劍！今日，即使死，也絕不再和孟玨、霍光有任何瓜葛！

無數士兵的刀像傾巢之蜂一樣圍了過來，密密麻麻的尖刃，在黑暗中閃爍著白光，一絲縫隙都沒有，連雨水都逃不開。

「轟隆！轟隆！」

雷聲由遠及近，震耳欲聾。

「嘩啦！嘩啦！」

大雨越下越急，砸得大地都似在輕顫。

平陵的玉石臺階上，兩道鮮紅的血水混著雨水，蜿蜒流下，從遠處看，如同帝陵的兩道血淚……

第五十五章　只應碧落重相見

夏末的陽光正是最明媚絢爛時，她卻是連骨頭縫子裡面都在發冷，眼裡所看見的只有黑灰色，沒有任何光亮溫暖。

原來，這就是被最親的人利用的感覺……

同樣的月兒，同樣的星星，甚至同樣的寧靜，可未央宮的夜晚和尋常人家屋簷下的夜晚很不一樣。黑暗可以掩蓋太多醜陋，陰謀詭計似乎也偏愛黑暗，所以在這個恢宏莊嚴的宮殿裡，夜晚常常是好戲連台。皇上與妃子在柔情蜜意中不動聲色地陰招頻頻，妃子與妃子在衣香鬢影中殺機重重，皇子與皇子在交杯推盞中磨刀霍霍……

在這裡，微笑很近，歡樂卻很遙遠；身體很近，心靈卻很遙遠；美麗很近，善良卻很遙遠，而看似最遙遠的醜陋，在這裡卻是最近。醜陋在每一個如花的容顏下，在每一個明豔的微笑裡，在每一襲精緻的華衣下，在每一聲溫柔的私語中，在每一扇輝煌的殿門裡。

不過，陰暗中偶爾也會開出正常的花。

椒房殿的夜晚，除了少了一個男主人外，常常和普通人家沒什麼兩樣。慈母手中的針線，兒子案頭的書籍。

在溫暖的燈下，劉奭趴在案頭，溫習書籍，許平君一邊做針線，一邊督促著劉奭用功。

劉奭做了一會兒功課後，看許平君仍在縫衣，問：「娘，妳累嗎？要不要休息一下？」

許平君搖頭笑，「等把這片袖子縫好，就休息。」

「娘，妳怎麼給我做衣服？不給妹妹或弟弟做衣衫？」劉奭倒了杯水，端給母親，忍不住地摸了下母親高鼓著的肚子，總是難相信這裡面會住著個小人。

「你小時候穿過的衣服，娘都還留著，到時候可以直接給他用。你卻不行，現在個子一天一個躥，不趕在這個小傢伙出來前，我手還能騰得出來時給你做幾件衣袍，到時候你就要沒衣服穿了。」

劉奭呵呵笑了，「師傅也說我最近個子長得很快，其實，宮裡都給我備衣袍了。」

許平君瞪了他一眼，「你下次去娘長大的村子裡打聽打聽，誰家小子不是穿娘親手縫製的衣服長大的？」

劉奭笑著不說話。

許平君完成了手裡的袖子，伸了個懶腰，劉奭剛想站起，幫她去捶捶腰，外面突然響起了人語聲，劉奭皺了皺眉頭，向外走去，「娘，我去看看什麼事情。」

劉奭是走著出去的，一瞬後，卻大步跑著回來，「母后，富裕說他接到消息，有人夜闖帝陵，雋不疑已經命五百精兵去護衛帝陵。」

許平君笑道：「那很好呀！」忽而一愣，不對！「哪座帝陵？」

「平陵！聽說是一個女子，富裕他很著急，說他擔心是姑姑。」

許平君一下就跳了起來，腹內的小人好像不滿了，一陣亂踢，她身子晃了晃，一旁的宮女忙扶住了她。她深吸了幾口氣，一邊向外走，一邊說：「我得趕去看一下，不是你姑姑就算了，如果是……」

劉奭笑著沒說話，母親和姑姑姐妹感情非比尋常的深厚，他已經料到母親肯定會出宮，所以剛才就吩咐了富裕去備車，果然被他猜對。

「母后，一般人想接近帝陵都很難，可姑姑若想拜謁帝陵有無數種方法，為什麼要深夜去硬闖？兒臣覺得不會是姑姑。不過母后不去一趟不會放心，那我們就走一趟吧！」

許平君張了好幾次嘴，卻都沒說出話來，最後說道：「等你再大些時，我再和你說你姑姑的事情。正因為有那麼多方法，她都一直不肯去拜謁帝陵，所以今天晚上若是她，肯定是出了大事，命馬車快一點。」

劉奭不再多言，等母親上了車後，對駕車的富裕說：「平穩中儘快！」

富裕駕著馬車，飛速地出了未央宮，馳進了漫天大雨中。

當他們趕到時，沒有看到雲歌，只看到一堆密密麻麻的士兵，擠在平陵的臺階上，而臺階上全是流淌著的血水。

劉奭掀簾看了一眼，頭有些昏，忙又縮了回去，拉住要下車的母親，臉色蒼白地說：「母后，不要下去，外面有血……」

許平君推開了他的手，「你的母后經歷過的事情比你想像的多得多。」說著話，她跳下了車，富裕忙撐起了傘。

看到臺階上的血，許平君眼中有擔心恐懼，面色卻還鎮定，一面沿著臺階向上急走，一面對富裕說：「命所有人跪迎！」

富裕立即扯足了嗓子開始吼：「皇后、太子在此，所有人等下跪接駕！」

在他一遍遍的吼聲中，一圈圈的人回頭，一邊看，一邊都跪了下去。皇后加太子的威懾力十分大，不過一小會兒工夫，所有的兵士都跪在了地上。

青灰色的陵墓上空，幾道金色的閃電如狂蛇亂舞，扭動著劃過天空，映照得陵墓慘白的刺亮。

許平君也終於藉著光亮看到了于安，可是雲歌……

渾身是血的于安，在看到她的瞬間，身子直挺挺地向前倒去，被他護在身後的雲歌露了出來。

閃電消失，一切又隱入了黑暗。

隱隱約約中，許平君覺得雲歌身上也有血，慌得立即跑起來，富裕忙抓住了她，「娘娘，您有身孕，奴才上去看。」說完，把傘遞到一旁的宦官手中，身子幾躍，踩著士兵的腦袋，就跳到了墓碑旁。

摸了把于安的鼻息，發覺微弱無比，他心中傷痛，對一旁跪著的官兵吼叫：「你們知道他是誰嗎？你們……」揮手想打，卻又匆匆收回，趕去探看雲歌，一面對軍官吩咐：「你把他背下去，立即送去長安郊外的張氏醫館，他若活不過來，你也就趕緊準備後事吧！」

驚慌中，軍官立即背起于安，趕去找人救命。

富裕剛扶起昏迷的雲歌時，還心裡一鬆，覺得她沒受傷，只是神志不清，可緊接著，就覺得不對，雲歌的臉通紅，而他扶在雲歌後背的手黏糊糊的濕，和雨水的濕截然不同，他立即去細看，發現雲歌後背上有一道不深不淺的傷痕，本來不會有性命之礙，可她受傷後，一直任由它在流血，人又一直浸在冷雨中，現在恐怕……

富裕不敢再往下想，抱起雲歌就往下跑，「娘娘，姑娘受傷了，要趕緊看大夫！」

許平君看到雲歌的樣子，傷怒攻心，氣得身子都在顫，指著臺階上跪著的士兵，「你們竟然在平陵傷她……」

劉奭聽聞姑姑受傷，也慌起來，幾步趕了過來，但畢竟不像母親般心痛神亂，「母后，他們只是盡守衛職責，現在的當務之急是救姑姑，不是懲罰他們，我們趕緊回城內去找太醫。」

許平君立即醒悟，母子二人跟在富裕身後，匆匆上了馬車。

許平君眼睛一眨都不眨地盯著雲歌，一會兒就去探一下雲歌的鼻息。劉奭看母親臉色也不好看，擔心起來，想著話題來消解母親的焦慮。

「娘，妳剛才看到血怎麼一點都不害怕？」

在車轂轆碾著雨地的聲音中，許平君的思緒悠悠地飛了回去。

「有一次，娘看到的血比這次還多，娘還親眼看到人頭飛起……那次也下著很大的雨，當時娘正懷著你，被一個壞人捉了去，你姑姑為了救娘和你，就……」

在嘩嘩的雨聲中，在許平君含淚的講述中，馬車奔馳在過去與現在。

因為有人夜闖帝陵，所以劉詢一直在昭陽殿靜等消息。在許平君的馬車剛駛出未央宮時，劉詢就已知道了皇后和太子深夜出宮，在太醫接到皇后傳召的同時，雲歌重傷的消息也被飛速送到了昭陽殿。

劉詢聽聞，淡淡地「嗯」了一聲，上榻休息了，不一會兒就沉沉睡去。一旁的霍成君卻怎麼都睡不著，想起身，又不敢，只能閉著眼睛裝睡，還不敢翻身，要多難受有多難受。好不容易挨到天亮劉詢上朝去了，她才能趕緊命人去打聽消息。

打探消息的人回來時，給她帶來了她最希望聽到的消息。

「三位太醫守護了一個晚上，雲歌仍然昏迷不醒、高燒不退，奴婢問過一個老太醫，他說人若老這麼燒下去，不死也會被燒成個傻子。」

霍成君很想控制住自己的笑，卻怎麼也忍不住，索性大大方方地笑了，這邊還沒笑夠，又有人給她帶來了另一個好消息。

「娘娘，聽聞孟太傅突然感了惡疾，今日沒能來上朝，皇上很擔心，下朝後親自去孟府探病。」

霍成君緊張地問：「他真的病了？」

宮女點頭，「真的病了，霍大將軍也要求同去看望孟大人，皇上只能命霍大將軍同行。孟太傅的確病了，而且病得不輕，說他臉色白得像雪，整個人精神特別不濟，後來皇上告訴他孟夫人夜闖帝陵被士兵誤傷，如今生死難料，聽聞他差點暈厥。」

霍成君咬牙切齒地笑著，雲歌呀雲歌！妳這次倒是真的做到了妳說過的話！兩個互相折磨的人！

「小姐……」

宮女突然改了口，霍成君會意，笑掃了一圈四周，所有服侍的宮女都退了出去，立在她面前的宮女才再次開口，「小姐，奴婢只是代夫人傳話。夫人……夫人說『妳入宮這麼多年，怎麼肚子還沒有消息?張良人已有身孕，那邊更是眼見著第二個兒子都要有了，妳究竟在做什麼?宮裡的太醫全是一群廢物！妳這兩天找個時間出宮來，我聽說終南山那邊有個老婆子祈子十分靈驗，我陪妳去一趟。』」

霍成君的好心情剎那間無影無蹤，一把將案上的食物全部掃到地上，宮女嚇得跪倒在地，不停磕頭，「奴婢只是依言傳話。」

「滾出去！」

宮女立即連滾帶爬地跑出了大殿。

霍成君氣得拿起什麼砸什麼，一件件價值連城的東西被砸壞，她的氣卻一點沒少，反而越重。這麼多年間，她什麼辦法沒有想過?使盡渾身解數地纏劉詢；私下裡見太醫；哪裡的神靈驗就去哪裡拜神；去喝「神泉」；聽聞哪個村裡的哪塊石頭靈驗，只要摸一摸就能有孕，她也跑去摸，實際那塊所謂的神石，就是一塊長得像男人那裡的石頭；她甚至還喝過童子尿求子……

什麼辦法沒有想過、做過?很多事情，不敢洩漏身分，只能喬裝改扮後去，中間所受的羞辱和屈辱是她一輩子從未想過的。現在又要一個愚昧無知的婦人來給她跳神，詢問她最私密羞恥的事情，然後再在她面前說些亂七八糟的話！不！她受夠了！她受夠了！

作為一個女人，卻連女人最基本的懷孕生子都做不到。父親的冷漠，母親的跋扈，整個家族的壓力，其他妃子的竊笑，還有宮女們古怪的眼光……

許平君她憑什麼可以一個又一個兒子……

霍成君覺得自己就要被他們逼瘋！

「我肯定會有孩子的，肯定會有……」她一面喃喃地對自己說，一面卻見到什麼就撕裂什麼，覺得眼前的一切都在譏諷她，她只想毀滅一切。

許平君隱隱明白雲歌和孟玨之間出事了，否則雲歌不會深夜突闖帝陵，所以她不打算送雲歌回孟府，可也不方便帶雲歌去未央宮，正無奈時，突然想到她和雲歌以前住的房子還空著，略微收拾一下，正好可用來暫住。她命劉奭先回未央宮，自己帶著雲歌回了她們的舊宅，又傳了太醫來給雲歌看病。

三個太醫一直守在雲歌榻前，未曾合眼，她就命人在外間的屋子放了張軟榻，守著雲歌。每一次起身探看，都看到太醫搖頭，她只能又黯然地坐回去。

窗外的雨似乎小了，從嘩嘩啦啦變成了淅淅瀝瀝。在靜謐的深夜，恍恍惚惚中聽去，覺得那淅淅瀝瀝聲像是一個老人講著一個古老的故事，可真凝神去聽時，卻又什麼都聽不清楚，只覺得曲調無限蒼涼。

許平君細看著屋子的每一個角落，一切都似乎和以前一模一樣，書架上擺著的竹簡，角落上的一副圍棋，案上的琴，還有那邊的一幅竹葉屏……

還記得孟玨坐在那邊的案前，一身白袍，月下彈琴。

也記得病已剛做好竹葉屏時大笑著說：「這面屏風做得最好，都捨不得讓你們拿到七里香去了。」雲歌從廚房裡探了個腦袋出來，「那就不送了，我自己留著，趕明兒我們自己喝酒題詩。」

還有院子中的槐樹，夏天的晚上，他們四個常在下面鋪一層竹席，擺一個方案，然後坐在樹下吃飯、乘涼，有時候，病已和孟玨說到興頭，常讓她去隔壁家中舀酒。

「平君，回家再拿筒酒來。」

她蹙眉，「還喝？這次總共沒釀多少，還要賣……」

他微醉中推她，凶巴巴地說：「我是一家之主，讓妳去，妳就去！去，去！」姿勢卻帶著幾分孩子的撒嬌，扳著她的肩膀，不停地晃。

雲歌在一旁掩著嘴笑。

孟玨伸手入懷去摸錢，一摸卻摸了空，隨手從雲歌的鬢上，拔下珠釵，扔給她，慷他人之慨，「換妳筒酒！」

這次換了她抿著唇，對著雲歌樂。

這些細碎的說話聲、歡愉的笑聲就在許平君耳旁響著，許平君似真看到了他們。她不禁站了起來，滿面笑容地走向他們，就在她想笑坐在他們中間時，一個眨眼，槐樹下已空空如也，只有初升的太陽在一片片槐葉間跳躍、閃耀，略微刺眼的光芒讓她眼睛痠痛，直想落淚。

她怔怔地站在槐樹下，茫然不解。

雨，不知道何時停了，天，不知道何時亮了，雲歌，她卻仍未醒，而一切，都回不去了！

三個太醫滿臉疲憊地向她請罪，「臣等已經盡力，不是臣等的醫術低微，而是孟夫人的身體不受藥石。」

許平君沒有責怪他們，謝過他們後，命他們告退，叫了個小宦官過來，命他去請孟珏，一則想著孟珏的醫術好，二則想著總要弄明白發生了什麼。看樣子，雲歌的病不僅僅是身體上的傷，唯有清楚了緣由，才好對症下藥。

當許平君看到坐在輪椅上的孟珏時，不能置信地搖了搖頭，風姿翩翩的孟珏竟然一夕之間，憔悴虛弱至此！本來存了一肚子的質問，可此時全都變成了無奈。

「孟大哥，你和雲歌不是已經關係緩和了嗎？我還聽她說在跟你學醫，怎麼現在又好像……唉！你得了什麼病？怎麼連路都走不了了？」

孟珏沒有說話，推著輪椅的八月忍不住說道：「公子不是病，是身上的餘毒未清，自己又內火攻心，不肯靜心調理，所以身體虛弱無力。」

許平君驚訝地問：「毒？誰敢給你下毒？誰又能讓你中毒？」

八月卻不敢再開口，只是滿臉氣憤地低著頭。

孟珏淡淡說：「你先下去。」

八月靜靜退了出去。

許平君琢磨了一會兒，心中似有所悟，卻怎麼都沒有辦法相信。孟珏謹慎多智，又精通醫術，能下毒害他的人少之又少，而能下毒害了他，又讓他一聲不吭，八月他們敢怒不敢言的卻只有雲歌。

「雲歌，她……她不會做這樣的事，也許她被人利用了。」

富裕尖銳的聲音突地在屋子門口響起，「雲姑娘當然不會隨意害人，但如果是害了皇上的人則另當別論。」富裕去探望于安，已經從醒來的于安處得知一點前因後果，此時義憤填膺，根本顧不上尊貴卑賤，「皇后娘娘，請命孟大人儘快離開，更不用請他給雲姑娘看病，雲姑娘寧死也不會讓他給自己治病！他在這裡多待一刻，雲姑娘的病只會更重！」

許平君愣了一刻，才明白富裕口中的「皇上」該是指先帝劉弗陵，而非劉詢，反應過來的一剎那，她突地打了一個寒顫，心裡是莫名的恐懼，劉弗陵被害？劉弗陵被……被害？

她迅速瞟了眼四周，看所有人都在院子外守著，一個留下來的太醫正在廚房裡煎藥，才稍微放心，厲聲說：「富裕，你在胡說什麼？」

富裕跪了下去，頭卻沒有低，滿眼恨意地盯著孟珏，「我沒有胡說，于師父親口告訴我，孟珏設計毒殺了先帝，他還利用雲姑娘的病，將毒藥藏在雲姑娘的藥裡，他的心太狠毒了，雲姑娘肯定傷心自責得恨不得死了……」富裕聲音哽咽，再說不下去。

許平君看孟珏面色灰敗，一語不發，從不能相信慢慢地變成了相信。這麼大的事情，如果孟珏沒做過，他怎麼不分辯？何況，孟珏殺人本就從來不手軟，歐侯的死、黑子他們的死……

許平君想著孟珏的狠辣無情，想著雲歌的生死未卜，強抑著發抖的聲音對富裕說：「你休要再胡言亂語，孟太傅是社稷棟樑，豈會做這等亂臣賊子的勾當？先帝明明是病逝的，所有的太醫都可作證，以後再讓本宮聽到這樣的胡話，本宮一定立即治你的罪！」訓斥完富裕後，許平君客氣有禮地對孟珏說：「煩勞孟大人白跑一趟了，本宮的妹妹病中，實在不宜見客，孟大人請回！富裕，送客！」

富裕呆了一會兒，才反應過來，立即跳起來，彎著身子，好似很卑賤有禮地說：「孟大人，請！」

孟珏不肯走，「平君！」語氣中有濃重的請求。

許平君不理他，只對富裕吩咐：「你加派人手，看護此院，不許任何閒人進入，若有違旨，本宮嚴懲不怠。」

富裕響亮地應了聲「是」，過來推孟珏的輪椅，把他向外推去，孟珏回頭盯著許平君，「太醫現在束手無策，妳讓我去看看雲歌。她高燒不退，耽擱不得，妳不顧她生死了嗎？」

許平君咬牙切齒地一字字說：「我若再讓你靠近她一步，才是想要她的命。從此後，孟大人是孟大人，雲歌是雲歌！」

眼見著就要被推出門，孟珏忍住內腹的疼痛，掌間強提了股力，使了個虛招，揮向富裕，將富裕逼退了一步後，藉機對許平君說：「妳先問清楚我用的是什麼藥害……的人，再發怒。」已經看到屋外的人，孟珏也不敢多言，只能倉促間扔給了許平君這麼一句話。

富裕將孟珏推出院門，重重關上了門，幾步跪到許平君面前說：「娘娘，張大夫，就是以前救過太子殿下的那個張太醫，醫術很好，可以命他來探看一下。」

許平君點了點頭，卻又嘆了口氣，「雲歌的病不在身體，她背上的傷口，你也看見了，不是重傷，她是自己……」她是自己不想活了，許平君沒有辦法說出口，心裡卻無比清楚，一個女人先失去了丈夫，緊接著失去了孩子，當好不容易稍微平靜一些時，卻發現丈夫是被人害死，她還在無意中被捲入了整個陰謀，間接地幫了兇手……許平君自問，如果是自己，自己可還能有勇氣睜開眼睛？

許平君只覺得心沉如鉛，問道：「孟珏究竟是如何利用了雲歌？」

「雲姑娘不是有咳嗽的宿疾嗎？孟珏當年製了一種很好聞的香屑給雲姑娘治病，後來雲姑娘發現，這個香正好可以做毒引，激發先帝身上的毒……娘娘！娘娘……」

突然之間，許平君無聲無息地向後倒去，富裕嚇得大叫，發現許平君雙眼緊閉，呼吸紊亂，立即大叫太醫，太醫忙過來探看許平君，氣得直說富裕，「你是怎麼照顧皇后的？怎麼驚動了胎氣？你……你……搞不好，會母子凶險……」忙燒了些艾草，穩住她的心神，再立即開了藥方子，讓人去煎藥。

許平君悠悠醒轉時，雙眼虛無，沒有任何神采，富裕哭起來，「娘娘，您不要再想那些事情，雲姑娘會好好的，您也會好好的，您們都是好人，老天不會不開眼。」

許平君無力地說：「你去孟府叫孟玨，我想見他。」

富裕呆住，許平君小聲說：「快去！不要對他無禮。」

富裕只得擦乾淨眼淚，向外跑去，不想出了院子，看見孟玨就在不遠處的樹蔭下坐著。他面容蠟白，身子歪靠在輪椅上，閉著眼睛似休息又似聆聽。

富裕剛走了幾步，他已經聽到聲響，似早猜到富裕的意思，睜眼對身後的八月說：「你在外面等著，我一個人進去。」

富裕很是吃驚，卻顧不上多問，推著輪椅，進了院子，將院門關好後，又推著他進了許平君所在的堂屋。

許平君對富裕說：「你在屋子外面守著，不許任何人靠近屋子。」

富裕應了聲「是」，退出去，關上了門。

孟玨推著輪椅，行到許平君身旁，想要把她的脈息，許平君手猛地一揮，躲開了他。她臉色蒼白，聲音冰冷地問：「你既害劉弗陵，後來又為什麼裝模作樣地救他？」

孟珏的臉上也沒什麼血色，他疲憊地說：「不管妳信不信，我可以告訴妳，我不是沒有對劉弗陵動過殺機，但我要殺他，多的是手段，犯不著把雲歌拉進來。」孟珏的語氣中有自負不屑，還有自傷驕傲，「我給雲歌配的藥全是為了治她的病，我當時壓根不知道劉弗陵身上有毒，他的毒被我的藥引發，是個意外的巧合。」

許平君眼睛盯著別處，聲音如蚊蚋一般，「先帝的毒究竟是誰下的？」

「我推測是霍光，至於還有沒有其他人牽涉在內，恐怕永遠不可能知道了，那些人應該已經早被霍光送去見劉徹了。」

「怎麼可能？以前我不懂，現在可是很明白，給皇上下毒談何容易？皇上的飲食、衣物都由專人負責，就是每口水都會有宦官先試毒，于安忠心無比，霍光如何下的毒？」

「霍光的下毒方法，我也是平生僅見，不知道是哪位高人給他出的主意，布了這麼個天衣無縫的局。霍光在一座荒山中種植了一種叫『狐套』的植物，它開的花劇毒，可令人心痛而死，這座山中還有一種野生的植物，叫『鉤吻』，可令人呼吸停止，窒息而亡。這些植物就隨意長在山上，任何人看到都不會多想，世間哪一座山上沒有些有毒的花和草呢？此山多泉水，狐套和鉤吻的點滴毒素融入泉水，流到了山下，山下的湖水就有了『毒』，其實，這些湖水也不能算有毒，因為我們即使連喝幾個月，都不會有任何中毒跡象，因為這些毒太少了，少得我們的身體可以自然排泄化解掉，但是，如果我們常年喝這些湖水，十年、二十年後，隨著年齡增長，體質衰老，卻會某一天突然爆發疾病，比不飲用湖水的人早亡。這種事情在民間也不少見，比如某個村子出生的人大部分是瘸子，某個村子的人容易眼睛瞎，某個村子的人壽命比別的地方短，人們往往歸咎於他們得罪了神靈，或者受到詛咒，我義父卻曾說過『一方水土，一方人，人有異，水土因。』我能發現霍光的這個絕不可能被人發現的祕密，就是突然想起了這些事情。」

許平君不解，「可是皇上和皇后、後宮諸妃喝的是一樣的泉水，霍光如果用這種方法下毒，其他人不是也會得怪病？」

孟玨解釋道：「所以我才說霍光的這個局布得天衣無縫。他的『下毒』還多繞了一個圈子。我查過劉弗陵的起居注，劉弗陵喜用魚肉，而這個湖內就有很多魚，這些魚看上去健康活潑，和其他的魚沒有兩樣，實際上體內卻積蘊了微量『病因』，如我前面所說，一般人吃幾條，一點事都不會有，但劉弗陵從八歲起就開始食用這些『有病』的魚，身體會慢慢地變差，如果沒有我的香，也許還要五年左右才會病發，但是我的香，恰好激發了他體內深藏的『病』。如果五年後他身體開始虛弱得病，沒有任何人會懷疑是毒，因為試毒的宦官沒有一點事情。」

許平君喃喃說：「因為試毒的宦官不只一人，而且這些試毒的人吃的量也和劉弗陵不一樣。」

孟玨點頭，「可以說，即使我們今日站在霍光面前指責他下毒，我們也沒有任何證據。水有毒？霍光可以立即喝給妳看！魚有毒？霍光也立即可以吃給妳看！哪裡都沒有毒。」

許平君寒意侵體，聲音發顫，「霍光他究竟想要什麼？他難道不明白這個天下終究是劉家的天下，即使殺了劉弗陵，他想篡位登基也根本不可能，他謀反的那天，就是天下藩王起兵討伐他的一天。」

「我推測，霍光從沒有想過自己登基，他只想做實際上的『皇帝』。如果劉弗陵好控制，聽他的話，那麼他可以隨時中斷養『魚』，如果不好控制，那麼劉弗陵會在二十五歲左右就身體變差，生怪病而亡，這個時候，劉弗陵應該已有兒子，還恰好是幼子，而且按照霍光的計畫，還應該是有霍家血

脈的孩子，霍光自然可以挾幼帝令天下，天下藩王沒有任何理由聲討他。」

「劉詢他……他知道霍光的事情？」許平君身子簌簌發抖，她一直知道霍光權勢遮天，是個很可怕的人物，可是她怎麼都想不到，他已經可怕到了如此地步！給一個八歲的孩子下毒，預謀二十年後的天下，這是怎樣的謀劃和心思？難怪上官桀和桑弘羊會死，他們怎麼可能鬥得過這樣一個深謀遠慮、狠毒無情的人？難怪劉詢明知危機重重，仍急著要立虎兒為太子。

孟玨淡淡應了聲，「嗯。」

許平君的面頰抖動得幾次想說話，都話語破碎，不能成聲，最後才勉強吐出了句，「我……送給雲歌的……香囊可……可有問題？」

孟玨身子靠坐到了輪椅上，聲音不大地說：「不僅僅是有問題，還是很大的問題！劉弗陵的毒雖然被我的香引發，實際上是因禍得福，因為再晚兩三年，即使扁鵲再世，恐怕也沒有辦法替他治好這非病非毒的怪病。這次病發，卻機緣巧合地讓我發現了他病的源頭，然後想出了救治的法子。其實他的毒大部分已經被我清除，但他中毒的年頭太久，所以身虛體弱不說，有些餘毒還要慢慢的靠調理去拔，不過只要方法得當，兩到三年就應該可以完全恢復健康。他當時身體內的狀況正是新舊交替時，劉詢送的香囊，壓制了新氣生，引動了體內殘存的餘毒，所以……所以我再也無能為力。」

隨著孟玨的話語，許平君大睜的眼睛內，一顆顆淚珠順著眼角滾落，再無聲無息地涔入了蓋著她的毯子上。

「你為什麼不向雲歌解釋？」

「我沒有信心她會相信，而且……更重要的是……如果解釋，就會牽扯出劉詢，這事太過重大，我怕雲歌會有生命危險。再說了，讓她知道她曾無數次親手做過魚給劉弗陵吃，也許在劉弗陵吃不下飯時，她還特意夾過魚片給他，勸他多吃一點，她又是什麼感覺？難道就會比現在好過一點嗎？很多事情，如果能不知道，還是一輩子不知道的好，所以若不是被妳逼得沒有辦法，我絕不會告訴妳這些。」

許平君心中對孟玨感情複雜，恨嘆道：「孟玨，如果你能告訴先帝或雲歌，他的病是因為你的香無意引發的，也許先帝根本不會死。我即使送出了香囊，也害不到他們呀！」

孟玨呆住，怔怔不能說話。

許平君的眼淚仍在不斷地滑落，可她的聲音卻已聽不出任何異常，只是異樣的冷。

「我把雲歌交給你了，你一定要救活她！我回宮了。」說著就掀開毯子，要起來，孟玨想伸手扶她，她躲開了他，叫富裕進來。

「平君，妳不如讓富裕先陪妳去別處住幾天，或者回娘家……」

「家？」她曾有過家嗎？許平君笑起來，一面扶著富裕的手向外走，一面說：「我不回未央宮，還能去哪裡？」

夏末的陽光正是最明媚絢爛時，她卻是連骨頭縫子裡面都在發冷，眼裡所看見的只有黑灰色，沒有任何光亮溫暖。原來這就是被最親的人利用的感覺，原來這就是傷害到自己最親的人的感覺，原來這就是絕望的感覺。生不如死，原來就是這種感覺。

小時候，沒有家和親人，她以為只要她很努力，討得母親喜歡，她就會有家，可是無論她如何勤勞能幹，母親都看不到她；大一點時，她以為她的劉大哥能給她一個家，在他爽朗的笑下，她能擁有溫暖，她費盡心思地抓住了他，以為在他的身邊，她就有了家，可是她錯了。未央宮當然不是家，可

至少她擁有過曾經的溫暖，她可以守在椒房殿內回憶那些逝去的美好，可是她又錯了，原來曾經的溫暖都只是她的一廂情願。

她不願再見劉詢，無顏再見雲歌，一瞬間，她失去了她的所有，或者說，她本就一無所有。

她能去哪裡？哪裡又能給她棲身之所？

皇后和富裕走後，太醫和守護在屋子四周的人也被皇后帶走。八月見狀，上前敲了敲院門，屋裡沒有人回應，他就走了進去。廂房裡，孟玨坐在雲歌榻邊發呆，許是因為還在病中，孟玨看上去異常的疲憊，顯得眉目間無限蕭索。

八月心中本來對雲歌有很多氣，可這會看到她臉被燒得通紅，嘴唇灰白，全是爆裂的傷口，被子外面的手瘦得更是讓人覺得一碰就會斷，他心中的氣忽地就全消了，上前小聲問：「公子，要去抓什麼藥嗎？我找九妹去抓。」

「她只是背上受了點輕傷，流了些血，不是什麼疑難雜症，太醫院最好的三個太醫會診開出的藥石方子已經是最好。」

「那……那就沒有辦法了嗎？嘴唇都被燒得全裂開了，再這麼燒下去……」

孟玨拿著濕棉布輕輕擦雲歌的唇，「只能試一試非藥石的法子了。八月，你立即回府，雲歌的屋中應該收著一管紫玉簫，你把它拿來。」

八月忙回府去取簫，心裡卻怎麼都不明白雲歌的病和簫有什麼關係。

等八月把簫取來，孟珏接過紫玉簫，拿到眼前仔細看了一瞬，唇邊慢慢地抿出了絲苦笑。他面對著窗外，將簫湊到唇畔，嗚嗚咽咽地吹了起來。

簫聲響起的剎那，如皓月初升，春花綻放，整個屋子都被寧靜安詳籠罩。

午後的陽光從窗戶灑進，孟珏的五官蒼白中流動著點點碎金的細芒；和煦的夏風從窗口吹進，孟珏的幾縷黑髮在風中飄舞。他細長的手指在紫玉映照下，蒼白得彷彿透明，可他墨黑的雙瞳中柔情流轉，全是溫暖。

八月退到院外，輕輕掩上了門。這般的深情和挽留，連不懂音律的她都聽懂了，雲歌即使在睡夢中，也不會一無所覺吧！

八月覺得曲子耳熟，可又從未聽公子奏過，坐在門檻上聽了半晌後，忽然想起在哪裡聽過這首曲子。雲歌常喜歡在有星星的晚上吹這首曲子，用的好像就是這管紫玉簫，不過，她的曲子中哀音深重，公子所奏卻平和寧靜，所以一時沒有想起來。待想明白了，八月心裡又泛出酸楚，這管簫的末端有刻印，是孝昭皇帝劉弗陵的遺物，雲歌吹的曲子只怕正是孝昭皇帝當年常奏的曲子。公子這般心高氣傲的人竟然為了救雲歌，不惜用劉弗陵的物品，揣摩劉弗陵的心思，吹奏劉弗陵常奏的曲子。

沒有人知道雲歌究竟有沒有聽到曲子，孟珏似乎也並不關心，甚至他根本沒有回頭看過雲歌，他只是坐在窗邊，面對著他和她曾經共居的院落，一遍遍地吹著簫。

從午後的金光流溢到夕陽的晚霞熠彩，從薄暮昏暝到朝旭晨曦，他一直反反覆覆，一遍又一遍地吹著同一首曲子。

光影在他身上流轉，有午後淡金中的孤直，有夕陽斜曛中的落寞，有月從西窗過的傲慢冷淡，有

沉沉黑暗中的固執守候，有清冷晨曦中的疲憊孤單。

天，亮了又暗了，暗了又亮了，光影交替間，似乎交錯了孟玨的一生。但不管何種神情，何種姿態，他總是一個人。一個人在晨昏交替間，追尋著一點渺茫，踽踽獨行於蒼茫天地。

當燦爛的陽光再次灑滿庭院時，曲子突然滯了一滯，幾絲鮮血從他的嘴角涔出，沿著紫玉簫滑下，滴落在他的白袍上，孟玨沒有任何反應，仍然吹著曲子。

一會兒後，曲子又頓了一下，又再次響起……

在院子外守著的八月聽到曲子變得斷斷續續，猛地推開了門，衝了進來，看到孟玨唇角的鮮血，驚駭下，叫道：「公子，不要再吹了！」想要去奪簫，卻被孟玨眼中的光芒所懾，根本不敢無禮，情急間看到榻上的雲歌，一下撲了過去，「燒退了，夫人燒退了！公子……」八月帶著哭音回頭，看見孟玨終於停了下來，正緩緩回頭看向雲歌。

孟玨臉色煞白，唇卻鮮紅，手中的紫玉簫早被鮮血浸透，已看不出本來顏色，而他的表情最是古怪，說是欣慰，卻更像悲傷。他怔怔看了雲歌好一會兒，頭無力地靠在輪椅上，閉上了眼睛，嘴唇動了幾動，八月卻根本聽不清楚他說什麼，忙湊到他身旁。

「……回府，請張大夫照顧雲歌，不要提我，就說……就說是太醫救了雲歌。」

八月不甘心，放下自尊、不顧性命，用心血渡曲救活的人，竟然連見都不見一面嗎？

「公子，你……不等夫人醒來了？」

孟玨已沒有力氣說話，只輕抬了下手指，八月看他面色白中泛青，再不敢囉嗦，立即推著他向外行去。

第五十六章　此情已自成追憶

「虎兒他怎麼……還……還沒……」

許平君的聲音越來越輕，越來越低，終至無聲。

放在雲歌和孟玨雙手上的手猛地掉了下去，落在榻上……

于安畢竟從小習武，傷勢雖然重，可康復的速度很快，不過幾天，就已經可以下地走動。

雲歌卻一直面色蒼白，一句話不說，整天都懨懨地坐著，她的神情總帶著困惑和尋覓，常常皺著眉頭、側著腦袋，似乎在傾聽著什麼，尋覓著什麼。

雲歌此時的樣子讓張先生想起了初見她時的樣子，可那個時候，她身邊有一個人傾力呵護，此時整個院子進進出出的不過就是他和一瘸一拐的于安。好歹雲歌也是金口御封的誥命夫人，霍府都來送過幾次藥物銀錢，孟府卻從沒一個人來探望過。還有皇后，不是說皇后和雲歌情如姐妹嗎？妹妹病了，姐姐會連看都不來看一眼嗎？

人情涼薄至此，張先生黯然下，索性絕口不提這些人，好似雲歌從始至終一直都住在這個簡陋的

小院中。

「雲姑娘，妳在聽什麼？」

張先生將一碗藥放到雲歌身旁，試探著問。他總是不能確定雲歌在高燒中有沒有留下什麼後遺症，因為她總是好像在傾聽著什麼的樣子。

托腮坐在窗口的雲歌默默搖了下頭，端起碗幾口就把藥喝盡了。

「那妳可想過病好後去哪裡？如果妳願意，可以先去我那裡，妳若不嫌棄，可以跟著我學習醫術，順道幫我看看病人，也算學以致用。」

院子中正在劈柴的于安停下了動作，靜聽雲歌的答案。

雲歌沉默地坐著，抬頭望著窗外的天空，眼中有迷茫，好半晌後，她張了張嘴，似想說話。

院門突然被人推開，一個小宦官扶著門框大喘氣，「孟……孟夫人，妳速跟我進宮。」

于安冷聲斥道：「這裡沒有孟夫人，你找錯了地方！」

小宦官並不認識于安，他自進宮後就在椒房殿當差，從沒人敢對他用這種口氣說話，氣得差點跳起來，手哆哆嗦嗦地指了指于安，想罵，卻畢竟顧忌雲歌，重重冷哼了一聲，「我不和你這山村野人計較。」趕上前幾步，對雲歌行禮，「孟夫人，富裕大哥命我來接您進宮，說是有十分、十分重大的事情。」

雲歌不吭聲，小宦官急得差點要哭，「您一定要去，奴才雖不知道是什麼事，可富裕大哥一頭的汗，眼淚都好像就要下來了。」

雲歌心頭一動，這幾日許姐姐竟一點消息也沒有，她如此反常，一定是有什麼事！猛地站了起來，「我們走。」

小宦官高興地跑了出去，調轉馬頭，準備回未央宮。

于安和張先生想勸，都勸不住，于安無奈下，將自己隨身攜帶的軟劍悄悄交給了雲歌，「這劍輕軟，可藏入腰間、袖中。」

雲歌本不想帶，可看到于安眼中的擔憂，還是接過了劍藏好，「于大哥，我去去就回。」

馬車停在未央宮時，正是夕陽時分，半天的紅霞，緋豔異常，映得未央宮的雕梁玉棟紫醉金迷、金碧輝煌。雲歌心中卻透著荒涼，總覺得入眼處是荒草叢生、屍骨累累，走在宮牆間，覺得厭倦疲憊，此生此世都不想再踏入這個地方。

天還未黑，椒房殿的大門就緊閉，雲歌很是詫異，指了指門，疑惑地看向身側的小宦官。他抓了抓腦袋，回道：「已經好多天都這樣了，聽說……皇后娘娘想搬出椒房殿，皇上不同意，兩人之間……反正這段時間，皇后娘娘一直都不理會宮內的事情，除了去長樂宮給太皇太后娘娘請安，就只靜心紡紗織布，督促太子讀書。」

宮門吱呀呀地打開，富裕看到雲歌，忙一把將她拽了進去，「您可來了！」又神色嚴厲地對周圍的人吩咐，「都看好門戶！不得放任何人進出，否則杖斃！」

雲歌一邊隨他走，一邊問：「究竟怎麼了？」

富裕不說話，只是帶著她往屋裡趕，經過一道道的門，一重重的把守，雲歌終於看到了許平君。

許平君面如死灰，唇如白蠟，幾個婆子正滿頭大汗地接生。

雲歌幾步撲到了榻前，緊緊抓住了她的手，「姐姐，妳……」

許平君見是她，臉孔一下變了顏色，急著想抽手，雲歌不解地叫：「姐姐！姐姐？是我呀！」

許平君眼淚直在眼眶裡打轉，扭過頭去不看雲歌。

雲歌溫言說：「不管我做錯了什麼事，現在可不是鬥氣的時候。孩子想要出來了，妳不能再隨意動氣，現在唯一要做的事情就是讓孩子平平安安地出來。」

許平君不說話，只有眼淚從眼角一顆接一顆地滾落。

雲歌走到一旁，低聲問富裕，「太醫呢？」

富裕低聲說：「開完藥方就被我趕走了！前段時間，皇上和皇后起了大的爭執，皇上如今正在盛怒中，現在後宮的事情都是霍婕妤說了算。寫下來的藥方不怕有事，除非這些太醫想被滅九族。可我不放心留他們在這裡！娘娘這段日子，身子一直不舒服，再不敢出一點差錯。」

雲歌一邊去把許平君的脈，一邊問：「是誰煎熬的藥？把藥方拿過來給我看一下。」

「單衍，是信得過的人，她是掖庭戶衛淳于賞的妻子，懂得一點醫理，許家和她是故交，娘娘小時候就認識她的，前段時間她一直在照顧娘娘，沒有出過差錯。」

一個端著熱水進來的婦人聽到對話，立即跪了過來，看上去很淳樸老實。

雲歌正想問她話，許平君身體猛地痙攣了一下，痛得額頭全是汗，「……孩……子……」

雲歌忙過去，俯身去擦她額頭的汗，柔聲說：「沒事的，孩子一定不會有事，妳也會好起來的。」

雲歌先去探看了一下許平君的胎位，全身寒意驟起，怎麼是個倒胎位？又是早產！許平君的身體好像也不太對。她心慌起來，叫過富裕小聲說：「我的醫術不行，你立即派人去找孟珏。」

富裕心中一沉，不敢再廢話，轉身就飛跑出了宮殿。

雲歌深吸了幾口氣，壓下心慌，坐到了榻上，將許平君抱在懷裡，「姐姐，不害怕！我會一直陪著妳，我們這一次也一定能平安闖過去！來！吸氣……呼氣……吸氣……呼氣……」

孟珏趕到時，天色已黑。

燈火通明的椒房殿內，空氣中流動的全是不安。

聽到富裕說孟珏來了，雲歌沒有任何動靜，只是俯在許平君耳畔，喃喃細語。孟珏也好似沒有看見雲歌，直接走到榻旁，去查看許平君，探完許平君的脈，他皺著眉頭，沉思著不說話。

雲歌看他半晌都不說話，又瞥到他的神色，只覺得全身都寒意颼颼，強壓下去的慌亂全都翻湧了上來。以他的醫術，竟也如此為難？

孟珏想了好一會兒，才落筆寫藥方，許平君忽地叫：「孟大哥……」

孟珏和雲歌都忙凝神細聽。

「……孩子，先保……孩子！」

她的面容灰暗憔悴，眼中卻是無比堅毅的光芒，隱隱有一種聖潔，令孟珏想起了母親將他藏好後，臨去前的一瞥。他鄭重地點了下頭，將兩味已經寫下的藥勾去，重新換了幾味藥，把藥方遞給富裕，「你親自煎熬，不要假手別人。」

富裕點了點頭。

許平君掙扎了大半夜，終於誕下了孩子，隨著孩子的出世，先前的壓抑緊張一掃而空，屋子內的人都笑起來。

「恭喜娘娘，是個小公主。」

穩婆抱著孩子顛了幾下後，卻聽不到孩子的哭聲，一下就慌了，趕忙探了下孩子的鼻息，臉色立變，一句話還未說，眼淚就已滿面。

孟珏一步就跳了過去，接過孩子，指尖蓄力，連換了十幾種手法，都沒能讓孩子哭出來。他的臉色漸漸灰暗，抱歉地看向雲歌和許平君。

雲歌凝視著他懷裡的孩子，有今日的傷，還有前塵的痛，覺得心若被一把鈍刀子一刀又一刀緩慢地鋸著。

許平君看上去好似沒有任何反應，只是臉若死灰、雙眼空洞，「把她抱過來。」

孟珏在她的目光下，任何勸慰的話都說不出來，只能把孩子小心翼翼地放在了許平君身旁，許平君輕柔地撫摸著她的小臉，悲傷欲絕，眼淚終於湧了出來，隨著眼淚湧出的，還有鮮血。

正在給許平君清理下體的婆子叫起來，「血崩了！血崩了！」說著話，身子已如篩糠一般抖起來。

產後血崩，閻王抓人！雲歌慌了，急迫間抓住了孟珏的胳膊，「你快想辦法！」

孟珏不吭聲，只是拿出早已準備好的金針，刺入許平君的各個穴位。雲歌緊張地盯著他。

許平君拽了拽雲歌的衣袖，雲歌忙低下頭，貼在她唇邊聆聽。

「其實，我心裡早就明白了，我這次……這次不行了……太苦了！可我想這孩子無辜，老天該放過她。報應，都是報應！」

「不，姐姐妳不會……」

許平君用眼神示意雲歌不要說話，「虎兒在長樂宮，我想見他。」

雲歌忙讓富裕去請太子殿下。

「雲歌，妳是個好妹妹，我卻不是個好姐姐，我對不起妳。」

「不是的，妳和我小時候盼望的姐姐一模一樣。」

許平君看著身旁的女兒，眼中淚花滾滾，唇畔卻有一絲怪異的笑，「劉詢奪去了妳的一個孩子，老天奪去他的一個孩子，冥冥中都有定數，很公平。」

雲歌傷痛難禁，眼淚終於滾了出來，「姐姐，妳再堅持堅持，孟珏的醫術很好，他一定能救妳，妳還要照顧虎兒呢！」

許平君感覺自己身體內的力量在迅速流逝，折磨了她一整夜的疼痛也在遠離，整個身子是酥麻麻的輕鬆，她說道：「孟大哥，你早已經知道結果，就不要再浪費精力了，我有話和你們說。」

孟珏停了下來，將手中未插完的金針一把就扔到了地上，一陣清脆的響聲，更顯得大殿寂寥。他坐到了許平君榻旁，「妳有什麼心願和要求都可以告訴我，我一定替妳做到。」

雲歌聽到他的話，心內殘存的一點希望澈底消失，只覺得心似乎一點一點全被掏空了，卻感覺不到一點疼，只是麻木的寒冷。她不能明白，為什麼上天要把她身邊的人一個又一個都帶走。

許平君笑著去握孟珏的手，手抬到一半，就要無力地落下，孟珏忙一把抓住了她。她拖他的手，孟珏順著她的力移動，碰到了雲歌的手，她將他的手覆在了雲歌的手上。

「雲歌，妳錯怪孟珏了，真正害死妳孩子的人是劉詢，劉詢為了能沒有後患地當皇帝，無論如何都不會讓先帝的孩子生下來，孟珏如果不出此萬不得已的下策，妳和孩子都要死。毒殺先帝的人也是劉詢，他讓我不要繡荷包，去做香囊，又親手寫了先帝的詩，讓我繡，最終的目的全是為了那個位置，他和霍成君……」

即使過了多日，每次想到卻仍是傷心欲絕，許平君一口氣未喘過來，臉色發白，孟珏忙在她各個穴道輕按著。

「平君，妳先休息一會兒。妳想說的話，我會告訴雲歌。」孟珏抬頭看向雲歌，將前後因果半隱半藏地說了出來，「……劉詢和霍成君究竟什麼時候走到了一起，我也不甚清楚，大概是劉弗陵病重的時候，霍成君不知道怎麼從霍光那裡探知了霍光的祕密，她又將這個祕密告訴了劉詢，劉詢手下不乏江湖上用毒的高手，所以就有了後來的香囊。」

許平君喘著氣說：「不是先帝生病時。霍成君告訴我，劉詢在我身受重傷的那個上元節就陪她逛街遊玩，還送了她一盞宮燈，她特意拿給我看了……那盞宮燈有八個面，繡著嫦娥奔月，她說劉詢曾說過嫦娥的容貌也不如她萬一……」

雲歌看她臉色慘白，猛地打斷了她，「姐姐，不要說了，也不要去想了。」當年，霍家雖不是衝著姐姐去的，可姐姐畢竟因為霍家差點死。髮妻在家中養病，劉詢竟然和霍成君……姐姐以為的夫妻恩愛原來自始至終全是假的。

孟珏皺著眉頭沒有說話。許平君身體不適，胎氣驚動，霍成君肯定知道，她還特意跑到許平君面前說這些話，這招「毒心」的計策用得真是頗有其父霍光的風範，兵不血刃，殺敵無形。

許平君笑起來，可那個笑容在蒼白憔悴的臉上，只是顯得更加悲傷，「好，不說他們。雲歌，孟玨他……他是真心想治妳的病，他當時根本不知道先帝體內有毒。其實，很多事情，我早就隱隱約約明白，卻一直不敢去深想，也一直都瞞著妳。孟玨瞞著妳是怕妳去尋劉詢報仇，怕妳會受傷，我瞞著妳，也是怕妳去尋劉詢報仇，卻是怕劉詢受傷，妳……妳不要生氣……」許平君的眼淚潸潸而落。

孟玨對許平君溫和地說：「雲歌的性格妳又不是不知道，她不會生妳的氣的，妳就不要再為這些事情難過愧疚，妳在她心中永遠都是好姐姐。」

許平君握住他倆的手，「雲歌，妳答應我，把中間的一切都忘記，只記住妳們的初相見，那時候，我們都很好……大家都很開心……妳和孟大哥好好地在一起，你們好好的……」

雲歌的手掌上覆蓋著孟玨的手，距離上一次兩手交握已經恍如隔了幾世。她看著他，他也看著她，兩個人誰都不說話。

「雲歌！」許平君氣苦，想要起來，身子一軟，頭無力地又跌回了雲歌懷中。

雲歌如夢初醒，忙叫：「姐姐，姐姐……」

孟玨用力地握住了雲歌的手，對許平君說：「我曾在妳面前說過的話，這一生一世我都會信守。」

許平君仍眼巴巴地盯著雲歌，雲歌猶豫了下，在許平君眼前，反握住了孟玨的手，許平君欣慰地笑了，緩緩闔上了眼睛，「虎兒……」

孟玨立即說：「一日為師，終身為父。我絕不會讓霍家傷他絲毫。」

許平君嘴唇哆嗦著想說「謝」，可此生孟玨對她的恩，根本不是「謝」字能報，所以索性沉默，只眼淚一顆又一顆。

「虎兒他怎麼……還……還沒……」

許平君的聲音越來越輕，越來越低，終至無聲。放在雲歌和孟玨雙手上的手猛地掉了下去，落在榻上，一聲輕軟的「啪」，雲歌卻如聞驚雷，身子巨顫，猛地抱住了許平君，心內痛苦萬分，可一滴眼淚都掉不下來，只是身子不停地抖著，如同置身冰天雪地。

屋子外有低低的說話聲，橙兒牽著劉奭進來，劉奭還在笑叫「母后」，想湊到榻前，橙兒卻已經明白一切，一把攬住了他，對富裕使了個眼色，「太子殿下，您先出去，皇后娘娘有話吩咐奴婢呢！」

富裕臉色變了幾變，拖著劉奭向外行去。劉奭卻已反應過來，掙開富裕，衝了過來，「母后！母后！娘！娘！娘……」

隨著劉奭撕心裂肺的大哭聲，皇后因為難產，血崩而逝的消息傳出了椒房殿。

未央宮的黑夜被打碎，一座座宮殿全都亮起了燈。

昭陽殿的宦官、宮女因為早有命令，一貫都會阻止椒房殿的消息，可這次的消息，卻沒有任何一個人敢不報，所以即使是半夜，宦官仍哆哆嗦嗦地到寢宮外面敲門。

劉詢在沉睡中翻了個身，不悅地哼了一聲，霍成君半支起身子，沒好氣地說：「拖下去！」

宦官把頭磕得震天響，哭喊著說：「皇……上，皇上，皇后娘娘……娘娘薨逝。」

劉詢睡夢中，猛地睜開了眼睛，一個鯉魚打挺，竟然直接越過睡在外側的霍成君就站在了地上，穿著單衣，赤著腳，一把就拉開門，抬腳踹向跪在地上的宦官，「你胡言亂語什麼！」

昭陽殿內的宮女、宦官黑壓壓早跪了一地，個個都在磕頭，劉詢將目光投向夏嬤嬤，眼睛裡的詢問下流露著隱隱的恐懼和懇求。

夏嬤嬤不忍看他，垂目說：「稟奏皇上，皇后娘娘因為驚動了胎氣，導致早產，不想是個逆胎位，生產困難，皇后娘娘苦苦掙扎了大半夜後，終因體力不支，母……母女俱亡，望皇上以國事為重，保重龍體，節哀順變……」

劉詢只覺得夏嬤嬤的聲音越來越小，他的耳朵漸漸地什麼都聽不見，最後什麼聲音都沒有了。他看見周圍的人有的在磕頭，有的在抹眼淚，還有人跑來跑去，似乎很混亂，可他卻覺得世界無比安靜，靜得他能聽見自己的心跳聲，如擂鼓一般，越來越快，越來越大聲。

他一步步地向外走去，有人拉住了他，他回身，看見一個容貌明豔嫵媚的女子嘴巴急促地一開一合，旁邊一個宮女彎身捧著一套衣服，那個令人生厭的女子還指著他的腳在說什麼，他不耐煩地推開了那個女子，向外跑去。

似乎在下雪，身上一層一層地寒，可是他不怕，只要跑到家裡就有火了。那年的冬天也出奇的冷，整日裡都在下雪，他沒有棉襖，只得穿一件夾衣。每日裡去街上閒逛，找人鬥雞，贏些吃的，晚上兄弟們都愛往他的小破屋擠，不是他的屋子比別人的裂縫小，也不是他的屋頂比別人漏風的地方少，而是他的屋子每天晚上總有火烤。平君每日裡都上山去撿柴，回來後，總會偷偷把幾根最粗的柴塞到他屋簷下。

那個小丫頭，見到他們一幫無賴，總是靜靜地讓到路邊。黑子們吹口哨，大聲起哄地逗她，她背著藤筐，緊張地站著，鼻頭被凍得紅通通的，十分滑稽。袖子上幾個大補丁，腳上是一雙偏大的男鞋，估計是她哥哥的舊鞋，還是破的，大拇指露在外面。似乎感覺到他目光掃到了她的鞋，她漲紅著臉，腳趾頭使勁往鞋裡縮……

他突地停住了腳步。

眼前不是他的破屋，是一座富麗堂皇的宮殿，可以擋住風，擋住雪，可他身上的冷卻越重了。無數人迎了出來，在他腳下跪倒，有人抬著頭在說話，有人低著頭在哭嚎，可他什麼都聽不到。他穿過他們，向屋裡奔去，經過重重的殿門，他終於看見了她。他心裡一寬，雪停了，身子也是暖和的了，她不是好好地睡在那裡嗎？他的世界仍是安穩的。

他微笑著上前，榻前跪著的一個孩子突然站了起來，滿面淚痕地向他跑來，他的心劇震，一個剎那，鋪天蓋地的哭聲都傳進了耳朵裡，壓得他頭暈目眩，他茫茫然地伸手去抱他，「別哭，別哭！你娘不會有事！」

孩子卻在憤怒地把他向外推，「你出去，你出去！娘是被你氣死的！是被你氣死的！你去昭陽殿，昭陽殿的霍婕妤比娘出身高貴，長得好看，你去找她……」

何小七衝出來，將劉奭抱開，「太子殿下不要不敬！」又忙向劉詢請罪，「皇上，太子是悲傷過度，神志不清……」劉奭連打帶踢地想掙脫，可他哪裡掙得開何小七，最後反抱住何小七的脖子大哭起來，「小七叔叔，娘……娘……」小七也是淚流不止，擔心劉奭悲傷下再說出什麼不敬的話，強抱著劉奭退到了殿外。

劉詢慢慢地走到了榻前，跪下，挽起了她的手，可她的手冰冷，不可能再來溫暖他，也再不會來握他。他將她的手貼在臉上，透心的冰涼，他扭頭看向雲歌，「你們為什麼不叫我？為什麼不肯讓我見她最後一面？為什麼？」看似平靜的語氣下有洶湧的暴風雨。

雲歌盯著他，身子卻在輕顫，若一觸即發的箭。她輕聲說：「許姐姐有幾句話要我轉告皇上。」

孟玨想拽住雲歌，卻已經晚了。

雲歌身法輕盈，像一朵綠雲般飄向劉詢，而劉詢急於聽到許平君的遺言，也飛快地向雲歌縱去。他看雲歌嘴唇翕動，卻聽不清楚她說什麼，下意識地就俯下身子去聽，雲歌袖中突然彈出森寒的劍鋒，直刺劉詢心臟，幸虧劉詢武功高強，身體的本能反應迅疾，硬生生地運力向後退去，堪堪避過了雲歌必殺的一招。可雲歌的招式難以想像的精妙，攜著雲歌必殺的決心，雷霆般一波又一波攻向劉詢。劉詢失了先機，處於守勢，幾次想逃開劍網，都被雲歌逼了回去，始終避不開雲歌的劍鋒。

已經退到牆壁，劉詢只能向側面避讓，卻忘了身側就是許平君睡的榻，腳下一步踏錯，身子失衡，雲歌立即逮住機會，劍鋒突然爆開千萬朵劍花，每一朵花都在快速飛向劉詢的咽喉，劉詢的瞳孔驟然收縮，在旋轉著的冷冽花朵中，眼前好似閃電般閃過和雲歌相識的一幕幕，怎麼都不能相信他竟會死在她手上。

突然，一隻手橫空而出，在最後一刻，抓住了劍刃，所有光芒刺眼的花朵剎那消失。劍鋒緊貼著劉詢的脖子被停住，劉詢沒受傷，那隻手卻被劍刃刺傷，鮮血落在了劉詢雪白的單衣上。

屋外的宦官聽到動靜，試探著叫了幾聲皇上，劉詢都沒答應。他們衝了進來，看到眼前劍拔弩張、生死一線的一幕，駭得不知道該怎麼辦。

孟玨手握著劍刃，對劉詢平靜地說：「皇上還是先讓他們退下，有些話，皇上絕不想任何人聽到。」

劉詢因為被劍鋒抵著脖子上的動脈，不敢低頭，只能昂著頭下令，「你們都退下。」

宦官不敢不退後，可又不敢扔下皇上不管，只得一步步退到了殿外，遠遠地圍住大殿，越來越多的侍衛聞訊趕來，將椒房殿團團圍住。

孟玨對雲歌說：「妳若殺了他，今日就休想活著離開這裡。」

雲歌一手握著劍不放，一手蓄力，盤算著如何逼開孟玨，「我也沒想活著離開。」

劉詢想看到雲歌的神色，他怎麼都想像不出來雲歌想殺他的眼神，他總覺得用劍抵著他脖子的人是另外一個人，可頭低不下來，只能嘶啞著聲音問：「雲歌，妳怎麼知道一切的？」

孟玨微哼了聲，「你以為做得天衣無縫，卻根本連劉弗陵都沒瞞過。」

劉詢和雲歌的身子都是猛地一顫，抵在劉詢脖子上的劍鋒往裡刺了下，劉詢的脖子和孟玨的手同時開始滴血。

劉詢不敢再動，「不可能！絕不可能！他若知道……我怎麼可能還活著？他怎可能還讓我活著？」

雲歌眼睛中有不能相信的震驚和悲傷，也喃喃說：「不，不會，他不會……」

「你一點不顧許平君和雲歌與你的情誼，還將我的一番苦心毀於一旦，我當然不會替你隱瞞，所以發現是你後，立即就告訴了劉弗陵，本以為他會將你處死、傳位給劉賀，不想他竟然……竟然什麼都沒做，不但什麼都沒做，反而依然決定把皇位傳給你。」

「你胡說！不會！他不會！陵哥哥不會……」雲歌搖著頭叫，劍鋒不停地顫動，好似隨時都會刺入劉詢的咽喉。

孟玨用力壓住劍鋒，厲聲說：「雲歌！他是妳的陵哥哥，可他更是天下萬民的皇帝，他為了妳和他，是應該殺死劉詢，可他為了天下萬民不能殺了他！他的死當時已是既定，若再殺了劉詢，那麼得利的只能是霍光，劉賀重義心軟，不見得是霍光的對手，一招不慎，天下就會動盪不安。他不殺劉詢，負了妳，更負了他自己，可他若殺了劉詢，也許負的就是天下蒼生！」

雲歌嚷：「我不聽你說，我只知道他害死了陵哥哥！」說著就不管不顧地用力向前刺去，孟玨的手一陣椎心的疼痛，他壓不住雲歌的劍勢，又不能傷雲歌，急怒中，猛地彈了把劍，將劍鋒撞歪，然後放開了手，「好！妳想殺就殺吧！反正妳早就不想活了！漢朝現在正和羌人打仗，妳殺了他，最多也不過就是個天下大亂、民不聊生，大不了就是多幾萬人、幾十萬人陪妳一塊死，不得安寧的是劉弗陵，我又不會為這些流民難受，這些事情與我何干？」說著一甩袖，竟坐到了一旁，拿出一方絹帕，低著頭開始給自己包紮傷口，看都不再看雲歌一眼。

雲歌想刺，卻刺不出去，這一劍刺下去，刺碎的是陵哥哥多年的苦心，刺出的是無數家破人亡；想退，卻恨意滿胸。眼前的人，讓她和陵哥哥天人永隔，讓她的孩子連一聲啼哭都沒有發出。

她握劍的手簌簌直顫。

劉詢的身子已經緊貼到了牆根上，雲歌的劍不停在抖，他脖子上的血珠子就不停湧出，雪白的單衣已是血紅一片。

突然間，橙兒牽著劉奭出現在門口。劉奭驚恐地睜著眼睛，忍不住大聲叫：「爹！姑姑？妳……妳……」

「匡噹」一聲，雲歌的劍掉在了地上。

劉奭向雲歌跑來，又有些害怕地站住，「姑姑，妳為什麼……」

雲歌蹲下，把他攬進了懷裡，「以後不許再叫我姑姑。」

「那叫什麼？」

「姨母，我是你的姨母，不是姑姑。」

「嗯，姨母！」

「姨母以後再不會進宮來看你了，你要一個人好好的，不要忘記你娘，你要做一個好人，不要讓你娘在地下傷心。」

劉奭哭起來，抱住雲歌的脖子，「姨母，不要離開虎兒。」

雲歌的眼淚滴在他的脖子上，「你只要記住，只要你好好的，姨母會一直看著你的，你娘也會一直看著你的。」

雲歌狠著心推開劉奭，向殿外行去。

一天之內，接連變故，劉奭對許多事情隱隱約約之間似懂非懂，此時再也忍不住，抹著眼淚大哭起來。橙兒上前，替他擦去眼淚，小聲哄他：「太子殿下已經是個大人了，要堅強！」

雲歌淚眼朦朧中回頭看了他一眼，「不要哭，你以後是皇上，老天會用整個天下補償你所失去的。」

一襲綠裙，人群中幾閃，就已經再看不見。

七喜此時才敢衝進來，小聲問：「皇上，要去追……追捕雲歌嗎？」

劉詢軟坐在榻上，整個人痴痴呆呆，劉弗陵竟然心如明鏡，早就知道一切？可他……他……不可能！不可能！他不可能知道一切！

七喜又叫：「皇上？」

孟玨淡然說：「皇上，若說這世上，除了太子殿下，還有誰讓皇后娘娘放心不下，也就雲歌了，請讓皇后娘娘能安心休息，也讓太子殿下多個親人。」

劉詢在孟玨並不淡然的目光下，卻沒有往常的反應，只是呆呆地看著合目安睡的許平君，心頭大雪瀰漫，最後無力地揮了揮手。

七喜心下長舒了口氣，帶著人退出了屋子，同時吩咐侍衛都各回原職。

橙兒向劉詢告退，「奴婢帶太子殿下先去長樂宮住幾日。」

劉詢沒有說話，只點了下頭。

劉詢看到許平君的頭髮有些亂，坐到榻頭，拿了把梳子幫她抿著頭髮，動作細緻溫柔。

孟玨見狀卻只覺得不屑厭惡，劉詢不是沒有鬥爭經驗的安逸皇子，他是從鮮血中走過，在陰謀中活下來的人。以他的聰明，當年他立許平君為后時，就該知道今日的結局。他為了自己，親手將一個女子柔弱的身軀推到了刀鋒浪尖上。既然有當初，又何必現在？

孟玨彎身請退。

劉詢問：「她……她臨去前就一點都不想見我？」

孟玨低著頭，話語卻很直接，「是的，從沒提過要見皇上。皇后娘娘掙扎了半夜，卻因為早前驚動了胎氣，胎兒受損，胎位又不正，所以產下的是個死嬰。皇后娘娘悲傷難禁，導致血崩而亡。」

劉詢眼前發黑，手中的梳子掉在地上，跌成了兩半，「是個男孩？還是個女孩？」

「一個很漂亮的女孩。」

孟玨說著話，特意將小棉被包著的女嬰抱過來，遞給劉詢，劉詢不想接，孟玨卻鬆了手，女嬰跌向地上，劉詢心中一痛，明知道孩子已死，卻仍著急地去撈，將孩子抱進了懷裡，入懷的瞬間，這個

對他來說遙遠而陌生的孩子，似乎沒有太多聯繫的孩子，就立即融進了他的血脈中，他將永永遠遠地記住她在他懷裡的樣子，緊閉的眼睛，微翹的唇，粉嫩的肌膚，柔軟的身體。從此後，在他的午夜夢裡，總會有一個小小的女兒在徘徊，那麼脆弱，那麼堪憐，他卻永遠聽不到一聲「爹」。

劉詢閉上了眼睛，緊緊地抱著孩子，身體無法抑制地顫抖著。

孟玨跪了下來，奏道：「臣忽然想到了一件事情，需要稟奏皇上。」

劉詢無力說話，只輕輕「嗯」了一聲。

「皇后娘娘因為心情激憤，哀傷盈胸，動了胎氣，導致早產，偏偏胎位又是個倒胎位，就是孩子的腳在下，頭在上，是最難生產的胎位。太醫想藉助催生的藥，讓孩子儘快出來，太醫的想法看上去沒有大錯，因為娘娘此時的狀況本就是怎麼做都凶險，只不過看哪種凶險更容易被人控制而已，藥方看上去倒是沒問題，不過總是很難保證不出一點偏差。」孟玨停了下來。

劉詢霍地睜開了眼睛，眼中烏雲密佈，殺機濃厚，「你怎麼不接著往下說？」

孟玨恭敬地說：「臣也不知道下面是什麼，皇上想怎麼處置，下面就是什麼，臣告退。」

劉詢的臉色陰晴不定，一會兒青，一會兒紫，一會兒白，最後全變成了晦敗，不管後面發生了什麼，不管孟玨的話是真是假，早產確是因他而起。

現在他無力，也不能去追究發洩，他只是覺得冷，很冷，很冷！

他一手抱著孩子，一手緊緊地握著平君的手，鵝毛般的大雪紛紛揚揚地落著，天地間只有他一人艱難地行走著，那座不管風雪再大，卻總會暖暖和和的屋子再也找不見了。

平君，妳已不肯再為我去撿柴了，是嗎？

第五十七章 明日天涯已陌路

天地間的悲喚，卻很快就被浩淼煙波吞噬，
只有滾滾的江水在天際奔流不息，漠看著人世離合。

「雲——歌——」

面對漢朝的大軍，羌族向匈奴借兵，生死關頭，兩個最強大的遊牧民族聯合，共抵著農耕民族的進攻，兩方相持不下時，羌族內部突然爆發內亂，主戰的三個羌族首領被殺。漢朝大軍的鐵蹄趁勢掃蕩了整個羌族，令最桀驁不遜的西羌對漢朝俯首稱臣，其他羌族部落也紛紛歸順漢朝。匈奴扶持的烏孫叛王被殺，解憂公主的長子元貴靡被立為烏孫大國王，歷經波折後，解憂公主終於登上了烏孫國的太后寶座。她的女兒嫁到龜茲做王后，在解憂公主的斡旋下，龜茲也歸順漢朝。

解憂公主的掌權，意味著漢朝和匈奴在西域百年的鬥爭，從高祖開始，歷經惠、文、景、武、昭五位帝王，直到宣帝，漢朝終於大獲全勝，從此後，西北的門戶通道盡在漢朝控制。

建章宮在舉行盛宴，歡慶大漢的勝利，可這次戰役最大的功臣霍光卻沒有出席。他獨自一人坐在

家中的假山溪流旁，自斟自飲，眉目間未見歡顏，反而盡是落寞滄楚。

喝得已有八九分醉，他舉杯對著明月，高呼：「太平已被將軍定，紅顏無需苦邊疆！」腳步凌亂中，他瞥見松影寒塘下，映照著一個白髮蒼蒼、神情疲憊的男子。霍光醉意朦朧中，指著對方喝問：「何方狂徒，竟敢闖入大將軍府？」

不料對方也指著他，挑眉發怒。他呆了一瞬，才反應過來，這個寒塘中的老頭就是自己，悲上心頭，手中的酒杯跌入了池塘，「咕咚」一聲，水鏡碎裂。漣漪盪漾中，那個碎裂的老頭變成了無數個畫面，從水面下呼嘯著撲面而來：

黑色鎧甲、紅色戰袍的是李陵，他劍眉含怒，劍蘊雷霆，正騎著馬向他衝來。

那個穿著胡裝、腰挎彎刀的是翁歸靡，爽朗的笑聲下是滴水不漏的精明。

一身宮裝的是解憂，她手握長劍，徐徐走來，眼中有決絕、有鄙夷。

顏若玉蘭、鬢如綠雲，微笑著而來的是馮嫽，可轉瞬就變了，她眼中有凌厲，有憤怒，握著解憂的手，哀哀落淚。

上官桀正指著自己的兒子上官安與他笑語，他也笑著點頭，屋子外面是幾個丫鬟推搡著憐兒，笑叫著「大小姐，去看一眼！不好也可以和老爺說。」憐兒羞惱得滿面通紅，掙開丫鬟的手跑了。可一眨眼，上官桀推倒了几案，怒吼著向他撲來。

綠柳依依，黃鶯嬌啼，女兒憐兒才五歲，在園子裡盪鞦韆，咯咯地笑著，「爹爹，爹爹，抱抱！抱抱！」他剛想伸手，她卻脖子上全是血，眼睛大睜地瞪著他，「爹，你答應過女兒的……」

霍光的眼前光影交錯，時而黃沙滿天，時而柳蔭翠堤，時而歡聲笑語，時而鮮血四濺，一幅幅流轉而過的畫面，壓得他喘不過氣來。

他眼前出現了宣室殿，殿堂陰暗幽深，雖然安靜得壓抑，他卻終於喘了口氣，看到一個人睡在龍榻上，他向前走去，突然，白髮蒼蒼的劉徹從龍榻上翻身坐起，喝問：「你在朕面前指天為誓的誓言可還記得？若有異心，子子孫孫，翦滅殆盡。」劉徹向他撲來，兩隻乾枯的手重重抓向他的脖子。

霍光「啊」的一聲驚叫，身子向後栽去，重重摔在地上，失去了知覺。

霍光在自家後園飲酒時突然中風，自此，霍光纏綿病榻，身體每況愈下，可霍家的尊榮未受絲毫影響，劉詢封霍成君為皇后，又陸續加封霍禹、霍山、霍雲三人為侯。

雖然後宮中還有張氏、公孫氏以及後來新選的戎氏、衛氏，可劉詢專寵霍成君，夫妻感情深篤。因為帝后恩愛，後宮反倒很清靜，人人都不敢，也不能與霍皇后爭寵，霍氏一門的尊榮達到極盛。

一年後，霍光在擔憂無奈中病逝於長安。作為一代權臣，霍光這一生未曾真正輸於任何人，只是敵不過時間。

霍光病逝的消息傳出，一直隱居於長安郊外，跟隨張先生潛心學習醫術的雲歌去向張先生告辭。張先生知道他們的緣分已盡，沒有挽留雲歌，只囑咐她珍重，心中卻頗是擔憂她的身體。近年來，雲歌肺部的宿疾愈重，咳嗽得狠時，常常見血，且有越來越多之勢。雲歌的醫術已經比他只高不低，她自己開的方子都於事無補，張先生更無能為力，只能心中暗嘆「心病難醫」、「能醫者不能自醫」。

受過雲歌恩惠的鄉鄰聽聞她要走，扶老攜幼，都來給她送行，雲歌和他們一一話別，等眾人依依不捨地離去，已是深夜，雲歌將行囊收拾好後，交給了于安，自己趕在日出前去往平陵。

平野遼闊，星羅密布，墓塚沉默地佇立，點點螢火一明一滅，映得墓碑發著一層青幽的光，陣陣蛩鳴時起時伏，令夜色顯得越發靜謐。

雲歌蹬著一階階的臺階，周圍沒有一個侍衛出來阻擋，她也沒有覺得奇怪。在她心中，她想見他，所以她來了，本就是自然而然的事情。

一個宮裝女子托腮趴在玉石欄杆上，凝視著夜色盡處，聽到雲歌的腳步聲，沒有回頭地說：「今夜的露水重，天亮前怕有大霧。」

雲歌站住，待看清楚隱在暗處的人後，走到她身側，也看向了遠處。

上官小妹說：「我最喜歡在這裡等日出，時間不長，景色卻會幾變。我有時候很好奇，妳會在什麼時候來這裡呢？總覺得皇帝大哥應該喜歡和妳看日出的。」

雲歌沉默地望著夜色盡頭，眉眼間有揮之不去的哀傷，小妹的眉眼也如她一般，凝聚著濃重的哀傷，她輕聲說：「我一直以為霍氏覆滅的那天，會是我最快樂的一天，可是昨天早上聽到外祖父病逝的消息時，我竟然哭了，也許因為我知道這世上很快就會真的只剩下我一個人了，父親家族的人已經全死掉了，不久的將來，母親家族的人也會都走了。」

雲歌側頭看向小妹，小妹朝著雲歌，努力地想笑，卻怎麼都笑不出來，「我恨了霍光那麼久，他終於死了，可是我現在只有難過，沒有一點快樂。」

夜風中，小妹的身子似乎在顫，雲歌的身子也微微抖著，她握住了小妹的手，兩人的手都是冰涼，誰也給不了誰溫暖，但是至少少了一份孤單。

沒一會兒，果然如小妹所說，在濛濛晨曦中，騰起了一大團一大團的白霧，很快就瀰漫了整個曠野。白霧飄浮間，陵闕、石垣、陪塚、不知名的墟落若隱若現，景致蒼莽雄奇中透著寧靜肅穆。

「這片陵原葬著高祖、惠帝、景帝、武帝，現在還有皇帝大哥，光皇帝就有五個，曾經的英雄豪傑更多，大將軍衛青、驃騎將軍霍去病、匈奴王子金日磾、傾國傾城的李夫人……這裡還曾是秦時的戰場，傳說神祕的秦始皇帝陵也在這附近。歲月悠悠千載，改朝換代、風起雲湧，這片陵原卻總是這個樣子。我常常想，百年、千年後，未央宮會是什麼樣子？大概荒草叢生吧！到時候沒有人真正知道我們，就如我們並不知道他們，我們只知道這個是好皇帝，那個是暴君。我在史書裡恐怕會是一個可憐沒用的皇后、皇太后、太皇太后，寥寥幾筆就寫盡我的一生，而皇帝大哥是一個和其他早逝的皇帝沒什麼不同的皇帝，頂多再讚句聰慧仁智。世人知道的是劉詢，史官也肯定更願意花費筆墨去記載他的傳奇經歷，他的雄才偉略和他的故劍情深。但是，那重要嗎？即使全天下的人都忘記了他，妳和我會記著他，我們能活多久，他就能活多久。甚至，我和妳保證，劉詢在夢中突然驚醒時，也會想起他，劉詢越是跑著去遺忘，就越是忘不掉。」

雲歌聽到劉詢的名字，好幾次想將壓在心頭的一切都傾訴出來，也許這世上，只有小妹才能理解她的一切感受，可最後，她仍選擇了沉默，就如同陵哥哥的選擇。仇恨不能讓死者復生，只會讓生者沉淪，小妹身上的枷鎖已經夠多，不需要再多一重沉重和掙扎，她希望小妹能慢慢忘記一切，然後有一天願意動用陵哥哥留給她的遺詔離開這裡。

小妹從地上提起一個木盒子，遞給雲歌，「琉璃師燒好這個時，他已經離開了，琉璃師傅就將這個敬呈給了我，但我想，這個屋子應該是他想為妳蓋的，我每次來這裡，都會帶著它，也一直想著究竟什麼時候適合給妳，妳一會兒是霍小姐，一會兒是孟夫人，我還以為妳不再需要它了。」

雲歌接過盒子打開，裡面是一個琉璃燒製的房子。主房、書房、臥房、小軒窗、珍珠簾一一俱全，甚至屋後有一個小小的荷花池，窗下有翠竹。根據不同的景物，琉璃師選擇不同顏色的琉璃，還會根據屋子的角度，透過琉璃顏色的深淺，營造出光線的變化。臥房的屋頂是用一小塊水晶做的，從屋頂看進去，裡面有兩個小小的泥人並排躺著，看向外面的天空。那兩個泥人和精妙的琉璃屋宇相比，捏造手法顯得很粗糙，可人物的神態卻把握得很傳神，顯然捏者對兩人十分熟悉。

小妹輕聲說：「琉璃師傅說這對小人是皇上交給他的，並非他們所做。」

雲歌痴痴地盯著屋子，早已淡看一切的眼中湧出了淚珠，一大顆一大顆地滾落。淚水掉在琉璃屋上，如同下雨，順著唯妙唯肖的層層翠瓦，滴滴答答地落到院子的臺階上，裡面的兩個人好似正欣賞著水晶頂外的雨景。

太陽升起了，大霧開始變淡。彷彿一個瞬間，颳了一陣狂風，大霧突地沒了，眼前驟然一亮，一切變得分明。藍天遼闊，原野蒼茫，無數隻不知名的鳥唧唧喳喳，吵鬧不休，還有無數彩蝶，翩翩飛舞，時在這朵花上停一下，時在那朵花上停一下。

雲歌手中的琉璃小屋在陽光下散發出奪人心魄的七色光芒，好似人世間的一個美夢，流光溢彩下是晶瑩秀潤的易碎。

一直看著太陽的小妹滿意地嘆了口氣，背轉了身子，靠在欄杆上，笑望著雲歌，「妳是來和他告別的嗎？想好去哪裡了嗎？」

雲歌雙手捧著琉璃小屋，抬頭望向初升的朝陽，睫毛上仍有淚光，唇邊卻綻開了一朵笑。她將琉璃小屋收回木盒中，小心地放好後，側依著欄杆，對著小妹，指了指自己的心口，「我和他一起走。他一直想去看看長安城外面的世界，所以我就打算興之所至，隨意而行。」

小妹歪著腦袋，笑著問：「你們不會再回來了，對嗎？」

雲歌用力地點了點頭。

小妹眼中幾點晶瑩的光芒，迅速地撇過了頭。

雲歌靜靜站了會兒，忽地出聲，「小妹，我有個不情之請，雖然霍光已……」

「我知道，妳想說劉奭。許平君早已經求過我了，我答應她會替她照顧劉奭，現在霍成君已不足為慮，我在一日，後宮中的人絕傷不了他。」

「多謝！」

雲歌向她行了一禮，提起地上的木盒，就飄向了臺階下方。

小妹沒有回頭，只高聲說：「珍重！」

「妳也是！」

萬里碧藍，千丈層林、一川萋草。明媚的朝陽下，綠裙穿行過草林野花，衣袂翩飛中，有光有影，有明有暗，有載不動的憂傷，可也有不頹敗的堅強。斜斜晨曦中，她的身影漸漸消失在蒼茫的曠野中。

天邊一對對燕子你追我趕，輕舞慢戲，小妹凝視著牠們，喃喃低語：「大哥，你一定很開心，我也很開心！」兩行晶瑩透明的淚珠卻沿著臉頰無聲墜落。

孟玨正在屋中整理東西，三月突然闖進了書房，面色怪異地說：「夫……夫……雲……雲歌回來了，正在竹軒整理物品。」

孟玨面無表情地說：「知道了。」

三月呆了一呆，靜靜地退了下去。自從許平君死後，雲歌再未踏進長安城一步，公子雖知道她在跟著張先生學習醫術，可他也從未去見過她，兩人之間好似再無關係。三月怎麼想也想不明白，雲歌怎麼又突然跑了回來。

孟玨靜靜坐了一會兒，拿起一卷義父寫的醫書，翻到最後面，接著義父的墨跡，提筆在空白處，寫下了他這幾年苦苦思索的心得：「肺絡受損，肺失清肅，故咳嗽。五情傷心，肝氣鬱結，火上逆犯肺絡，血溢脈外，則為咳血。外以清肝瀉肺、和絡止血，內要情緒紓緩，心境平和，內外結合，諸法協同，方有滿意之效。切記！切記！情緒舒緩，心境平和！」續又寫下：「處方：桑葉、牡丹皮、知母、枇杷葉、黄芩、蟬蛻……」

雲歌其實也沒多少東西可收拾，主要是于安帶出宮的一些劉弗陵的遺物，以及她自己的幾套衣服，還有幾冊書籍。

孟玨去時，看見雲歌正拿了絲帕擦拭玉簫，聽到他的腳步聲，她抬頭看了他一眼，才低下頭去接著擦，「這玉簫原本是純淨的紫色，不知道是不是沒放好，竟透出斑斑駁駁的紅色來了。」

雲歌說話的語氣淡然溫和，像是普通朋友話家常，好似他們昨日才剛見過，而不是已經一年多未謀面。

孟玨將帶來的書放到案上，隨意坐到一旁，微笑著說：「隨著它去就好了，時間長了，也許自然而然就沒了。」

雲歌已經擦了很久，知道是真擦不掉了，只得放棄，將玉簫小心地收到盒中，起身去整理書籍。

「這幾冊針灸、醫理書籍能送給我嗎？」

「那些是義父的書，妳肯拿去讀，他一定願意的。我剛拿來的這幾卷醫書也是義父所寫，我已經都看過，留著用處不大，妳拿去看吧！」

雲歌沒有吭聲，只把書拿了過去。收好書籍後，她打量了一圈屋子，覺得沒掉什麼東西，對孟玨說：「我走了。」

孟玨站了起來，微笑著說：「妳去哪裡？我送妳一程。」

雲歌淡淡的一笑，「我還沒想好，打算坐著船，邊走邊看，也許先去見我爹娘，阿竹說我娘已經給三哥寫了好幾封信，念叨我很久了。」

「那我送妳去渡口吧！」

雲歌未推辭，孟玨幫著她把箱籠搬到了馬上。

雲歌是一匹馬騎，一匹馬馱行李，孟玨竟也是一匹馬騎，一匹馬馱行李。雲歌沒什麼表情，逕自上了馬。兩人騎馬出城，一路沒有一句話，行到渭河渡口時，于安戴著斗笠搖櫓而來，將船靠岸後，就來幫雲歌搬行李。

雲歌抱拳對孟玨一禮，說：「就此別過，你多保重！」

孟玨微笑著問：「我也正好要出趟門，可以搭妳的船嗎？」

雲歌搖了搖頭。

孟玨又微笑著說：「那看來我只好另行買船，沿江而行，如果恰好順路，我也沒辦法。」說著，就招手給遠處的船家，讓他們過來。

雲歌低著頭，默默站了會兒，忽地抬起頭，輕聲叫：「玉中之王！」

孟玨呼吸猛地一滯，一時間竟是連呼氣都不敢，唯恐一個大了，驚散了這聲久違的喚聲，定了定神，才敢回身。眼前的綠裙相似、面容依舊、黑眸也彷彿，實際上卻已浸染過風霜，蘊藏了悲愁，如深秋的湖水，乍一眼看去和春日湖水一般無二，再看進去了，才發覺一樣的清澄下不是三月煦暖、萬物生機，而是十月清冷、天地蕭肅。

「此生此世，我不可能忘記陵哥哥的。」

孟玨想說話，她淺淺笑著，食指貼著唇，示意他不要開口。那淺笑如風吹靜水，淡淡幾縷縠紋，一閃而過，只是給世人看的表象，湖心深處早已波瀾永不興。

「我不可能把他藏在心底深處，也不想把他鎖在心底深處，我知道自己很想他，所以我要大大方方地去想他。他喜歡讀各地志趣怪談，我打算踏遍天下山河，將各地好聽的、奇怪的故事和傳說都記下來，以後講給他聽；我還會去蒐尋菜式，也許十年、二十年後，你能在京城看見我寫的菜譜；我在學醫時，曾對師父發過誓，不會辜負師父的醫術，所以我會用我的醫術做一些力所能及的事情。你們不都要我忘記那些不好的事情，重新開始嗎？現在我真的下定決心忘記了，我要忘記所有的人和事，只記住我和陵哥哥之間的事情。你若真想我重新開始，就放我自由，讓我走吧！你若跟著我，我總會不經意地想起你和霍成君灌我藥，想起你做的香屑……」雲歌深吸了口氣，再說不下去，她看向了遠處的悠悠白雲，好一會兒後，輕聲說道：「千山萬水中，我一定能尋到我的寧靜。」

雲歌說完，小步跑著跳上了船，江邊的風吹得她烏髮飛揚，衣裙沙沙作響。

孟玨臉色煞白，如同石雕，呆呆地立著。

他一直盼望著她的釋懷，她也終於準備遺忘過去、重新開始，可是他從沒有想到，她的遺忘就是從他開始。

她是他心頭的溫暖、舌尖的百味，他原以為這一生都不會再有，但卻尋到了，曾經以為只要自己不放手，就永不會失去，可是，原來他只能看著她一點點地從他的生命淡出。

這次的離去，她沒有說再會，因為她永不會再與他相會，她只想和劉弗陵一起安靜地走完餘生。

雲歌毫未留戀地向他揮了揮手，側身對于安說了句話，于安將船盪了出去。

長天浩瀚，江面遼闊。遠處，數峰青山隱隱，白雲悠悠；近處，江面紅光粼粼，蒹葭蒼蒼；中間是淼淼綠波，點點白鶴。雲歌一身綠裙，立在烏篷船頭，與飛翔的仙鶴一起，向著雲海深處駛去。

船越去越小，人影也越來越淡。

一陣風起，那一點綠影消失在了碧空盡處，只有無數隻仙鶴在藍天白雲間飛翔。

他通體寒冷，只覺得漫天漫地俱是荒涼，一眼望過去全是灰天敗地的寂寥，他猛地跑向江裡，跌跌撞撞地追著。

「雲——歌——」

天地間的悲喚，卻很快就被浩淼煙波吞噬，只有滾滾的江水在天際奔流不息，漠看著人世離合。

第五十八章 落子勿言悔

今生今世不可求，那麼只能修來生來世了……

他的身體向後倒去，身後正是滔滔滄河，

身體入水，連水花都未濺起，就被捲得沒有了蹤影。

霍光走後，劉詢就開始削減霍家的勢力，去霍成君處越來越少，直到最後絕跡於椒房殿。

霍光死後的第二年，劉詢準備妥當一切後，發動了雷霆攻勢，開始詳查許平君死因，醫婆單衍招供出與霍氏合謀，毒殺了許皇后。霍禹、霍山、霍雲被逼無奈，企圖反擊，事敗後，被劉詢以謀反罪打入天牢，霍氏一族其他人等也都獲罪伏誅。霍成君被奪去后位，貶入冷宮。當年權勢遮天、門客遍及朝野的霍家，轉眼間，就只剩了霍成君一人。

劉詢的心腹大患終被拔除乾淨，隨著霍氏的倒臺，皇權的回歸，兩個新興的權力集團隱隱浮出水面，一個是藏於暗處的宦官集團，以何小七等貼身服侍劉詢的宦官為首；一個就是劉詢親手訓練出的「黑衣軍」，他們掌握了禁軍、羽林營，甚至軍隊。表面上看起來，黑衣軍和宦官是劉詢的左膀右臂，一明一暗，應該齊心合作，可何小七總覺得黑衣人看他的眼光透著怪異，他總會不自禁地想起那幫被他活埋了的黑衣人，常常大夏天的，驚出一身冷汗。

孟珏對劉詢下一步的動作了然於胸，劉詢知道他了然於胸，他也知道劉詢知道他的了然於胸，彼此都明白他們兩個這局棋下到此，已經要圖窮匕現，但是兩個人依舊君是明君，臣是賢臣，客氣有禮地演著戲。

孟珏在霍光病逝不久的時候，就向劉詢請求辭去官職，劉詢收下了奏章，卻沒有回答他，只是下令把一品居抄了，將老闆打入天牢。第二日，劉詢親手訓練出的「黑衣軍」開始查封城裡各處的當鋪，搜捕抓人。獲罪的罪名，何小七自會網羅，他現在熟讀大漢律典，對這些事情很是得心應手，一條條罪名安上去，可謂冠冕堂皇，罪名確鑿。第三日，孟珏向劉詢要回了辭呈。

之後，長安城內的商鋪不幾日就會關門一家，或倒閉一家。

劉詢每次收到何小七的密報，總是無甚喜怒，何小七卻是每奏一次，就心寒一次，這些關門的商鋪全是皇上已經知道的，孟珏這樣做，究竟是向皇上示弱，還是譏諷皇上？孟珏又是如何知道他已經查出這些商鋪的？

等何小七名單上的商鋪倒閉得差不多時，一日，孟珏給劉奭上完課，微笑著對他說：「這些年，我能教給殿下的東西已經全部教完。」

劉奭聽後，手慢慢地握到了一起，力持鎮靜地問：「太傅也要離開了嗎？」

孟珏沒有回答，只微笑著說：「你的父皇與你性格不同，政見亦不同，你日後不要當面頂撞他，他雖然待你與其他皇子不同，可天底下最善變的是人心。」

劉奭抿著唇，倔強地說：「我不怕他！」

孟玨未再多說，起身要走，劉奭站起來想去送他，孟玨道：「我想一個人走一走，你不必相送了。」

劉奭雖貴為太子，可自小跟隨孟玨，見他的時間遠遠多過父皇，對他有仰慕、有尊敬、有信任，還有畏懼。聽到他的拒絕，只能停下來，站在門口，依依不捨地望著孟玨的背影。

待孟玨的身影消失後，劉奭正要轉身進屋，卻發現孟玨慣配的玉玨遺落在地上，連忙撿起，去追孟玨。

孟玨快到前殿時，看到劉詢一身便袍，負手而立，觀河賞景，恰恰擋住了他的路。

孟玨過去行禮，「皇上。」

劉詢抬手讓他起來，卻又一句話不說，孟玨也微笑地靜站著。

有宮女經過，看到他們忙上來行禮，袖帶輕揚間，隱隱的清香。劉詢恍惚了一瞬，問道：「淋池的低光荷開了？」

橙兒低著頭應道：「是！這幾日花開得正好，太皇太后娘娘賞賜了奴婢兩株荷花。」

劉詢沉默著不說話，一會兒後，揮了揮手，讓橙兒退下。

不遠處，滄河的水聲滔滔。

劉詢對孟玨說：「這些年，我是孤家寡人，你怎麼也形隻影單呢？」

孟玨微笑著說：「皇上有後宮佳麗，還有兒子，怎麼能算孤家寡人？」

劉詢沒什麼表情地問：「你對廣陵王怎麼想？」

孟玨淡淡說：「一個庸才，不足為慮。」

劉詢點了點頭，正是他所想，這種人留著，是百好無一壞。

孟玨卻又緊接著問：「臣記得他喜歡馴養桀犬，不知道現在還養嗎？」

劉詢眉頭微不可見地一蹙，深盯了眼孟玨，孟玨卻是淡淡笑著，好似什麼都沒說。

好半晌後，劉詢淡聲問：「你我畢竟相交一場，你還有什麼想做而未做的事情嗎？朕可以替你完成。」

孟玨笑：「我這人向來喜歡親力親為。」

劉詢也笑：「那你去吧！」

孟玨微欠了下身子告退，不過未從正路走，而是快速地向滄河行去，劉詢剛想出聲叫住他，孟玨一面大步走，一面問：「你可還記得多年前的滄河冰面？你我聯手的那場血戰！」

劉詢呆了一下，說道：「記得！平君後來詢問過我無數次，我們是如何救她和雲歌的。」

「你去找劉弗陵時，也殺了不少侍衛吧？」

劉詢微笑，「絕不會比你的少！」

隱藏在暗處的何小七看預定的計畫出了意外，猶豫著不知道該怎麼辦，本想派人去請示一下皇上，可是看孟玨直到此刻，都還一副從容自若、談笑風生的樣子，他的憤怒到了頂點，黑子哥他們碎裂的屍體在他眼前徘徊，淋漓的鮮血直沖著他的腦門。

隱忍多年，他終於等到這一日，不能再等！以孟玨的能耐，出了這個皇宮，就是皇上也沒有把握一定能置他於死地。

何小七向潛伏在四周的弓箭手點了點頭，率先將自己手中的弓箭拉滿，對著孟玨的後背，將盈滿他刻骨仇恨的箭射出。

一箭當先，十幾隻箭緊隨其後，孟玨聽到箭聲，猛然回身，一面急速地向滄河退去，一面揮掌擋箭，可是利箭紛紛不絕，避開了第一輪的箭，卻沒有避開第二輪的，十幾隻箭釘入了他的胸膛，一瞬間，他的前胸就插滿了羽箭，鮮血染紅衣袍。

劉詢負手而立，站在遠處，淡淡地看著他，他也看著劉詢。

沉默中，他們的視線仍在交鋒，無聲地落下這局棋的最後一顆子。

劉詢的眼睛內無甚歡欣，只是冷漠地陳述一個事實，「我們終於下完了一直沒有下完的棋，我贏了。」

孟玨的眼睛內亦無悲傷，只有淡然的嘲諷，「是嗎？」

淡然的嘲諷下，是三分疲憊、三分厭倦、四分的不在乎。他的身體搖搖晃晃，再站不穩，巨痛讓他的眼前開始模糊不清，劉詢的身影淡去，一個綠衣人笑著向他走來。他的唇畔忽然抿著一絲微笑，看向了高遠遼闊的藍天。在這紛擾紅塵之外，悠悠白雲的盡處，她是否已經忘記了一切，尋覓到了她的寧靜？

她真的將我全部遺忘了嗎？

她的病可有好一些？

今生今世不可求，那麼只能修來生來世了……

他的身體向後倒去，身後正是滔滔滄河，身體入水，連水花都未濺起，就被捲得沒有了蹤影。

何小七輕聲下令，隱藏在暗處的宦官迅速消失不見，一絲痕跡都未留下。一群侍衛此時才趕到，劉詢下令：「封鎖河道，搜尋刺客屍體。」

張安世和張賀氣喘吁吁地趕到，也不知道張賀臉上的究竟是汗水還是淚水，他剛想說話，被張安世一把按住，拖著他跪了下去。

張安世恭敬地說：「皇上，滄河水直通渭河，渭河水連黃河，長安水道複雜，張賀卻很熟悉，不如就讓張賀帶人去搜。」

劉詢對張賀的信賴不同常人，聞言，點頭說：「張愛卿，你領兵去辦，此事不要聲張，只向朕來回報。」

張賀呆了一瞬，反應過來，忙磕頭接旨。起身後，一邊擦汗，一邊領著兵沿滄河而去。

張安世這才又磕頭向劉詢請罪，「聽聞霍家餘孽襲擊皇上，臣等護駕來遲，有罪！」

劉詢卻半晌沒說話，張安世偷偷抬眼看，發覺劉詢的眼睛正盯著側面。張安世將低著的頭微不可見地轉了個角度，看見不遠處的雕欄玉砌間，站著太子劉奭，他眼中似有淚光，看見皇上，卻一直不上前行禮，甚至連頭都不低，毫不避諱地盯著劉詢。一會兒後，他突然轉身飛快地跑掉了。

張安世不敢再看，額頭貼著地，恭恭敬敬地跪好。半晌後，張安世看見劉詢的袍襬飄動起來，向遠處移去，冷漠的聲音從高處傳來，「你們都下去吧。」

劉詢向前殿走去，走到殿外，看到空蕩蕩的大殿卻恍惚了，我來這裡幹什麼？大臣們早已散朝了！

隨意換了個方向走，看到宣室殿的殿宇，想起那也是座空殿，只有一堆又一堆的奏摺等著他，可

是他現在難以言喻的疲憊，只想找個舒適的地方好好休息一會兒。

他又換了個方向，走了幾步，發覺是去過千百次的椒房殿，雖然已是一座空殿，他心頭仍是一陣厭惡，轉身就離開。

劉詢左看右看，竟然不知道該去哪裡。未央宮，未央宮！說什麼長樂未央？這麼多的宮殿，竟然連一座能讓他平靜踏實地休息一會兒的宮殿都找不到。

不知不覺中，他走出了未央宮。

大街上熙熙攘攘、人來人往，商鋪的生意興旺，人們的口袋中有錢，似乎人人都在笑。田埂上，是荷鋤歸家的農人，還有牧牛歸來的牧童，楊樹皮做的簡陋笛子，吹著走調的歡樂，看到劉詢，牧童大大咧咧地騰出一隻手，指指路邊，示意他讓路，劉詢也就真退讓到一邊，讓牧童和牛群先行。嫋嫋炊煙下，竹籬茅屋前，婦人正給雞餵最後一頓食，一邊不時地抬頭眺望著路的盡頭，查看丈夫有沒有到家，看到劉詢盯著她發呆，她本想惱火地呵斥，卻又發現他的目光似看著自己，實際眼中全是茫然，婦人以為是思家的遊子，遂只扭轉了身子，匆匆進屋。

劉詢穿行過一戶戶人家，最後站在了兩處緊挨著的院落前。別家正是灶膛火旺、菜香撲鼻時，這兩個院落卻了無人影，瓦冷牆寒。

劉詢隨手一擺弄，鎖就應聲而開，他走到廚房，摸著冰冷的灶台，又去堂屋，將幾個散落在地上的竹籮撿起放好，看到屋角的蛛網，他去廚房拿了笤帚，將蛛網掃去。幹著幹著，他竟掃完屋梁掃窗欞，掃完窗欞又掃地，後來索性打了桶井水，拿了塊抹布把屋子裡裡外外打掃了一遍。雖然多年未做，可也不覺手生，一切都很自然，似乎昨天、前天他都曾幫著妻子做過這些。

屋子裡裡外外都變得亮堂、乾淨了，他卻仍意猶未盡，看到裡屋的舊箱籠，就全部打了開來，想要整理一下，箱子大多是空的，只一個舊箱子裡放了幾件舊衣服。

他隱隱約約地想起，當劉弗陵賞賜了侯府後，他讓平君準備搬家。平君連著几案、坐榻，甚至廚房的碗碟都要帶過去，他笑著搖頭，讓她把捆好的東西全部拆開，放回原處，拆到衣服時，平君死活不肯扔，箱子裡的這幾件是他隨手翻著，硬扔回箱子裡，不許她帶的。

「這些衣服大補丁疊小補丁，妳就是賞給侯府掃地的丫頭都不會有人要，妳帶去做什麼？是妳穿，還是給我穿？」

平君說不出話來，沒有補丁的舊衣服，她卻仍不肯放手，他也只能嘆一聲「窮怕了的人」，便隨她去。

劉詢隨手拿起一件舊衣服細看，是平君做給他的舊襖子，袖口一圈都是補丁。平君為了掩飾補丁，就借著花色，繡了一圈圈的山形鳥紋，兩隻袖子，光他能辨別出的，就有三、四種繡法。她花盡心思，硬是用劣等的絲線描繪出了最精緻的圖，將補丁修飾得和特意的裁剪一樣。

劉詢的手指頭一點點地摩挲著袖口的刺繡，最後他忽地將襖子披在了身上，閉上了眼睛，靜靜地坐著。

何小七先前在院子外面還能聽到院子內的動靜，雖覺得聲音古怪，但在劉詢身邊多年，他已經學會少說話、少好奇。後來卻再聽不到一點聲音，他耐著性子等了很久，天色漸黑，可屋子裡仍然沒動靜，他不禁擔心起來，大著膽子，跨進了院子，入眼處，吃了一驚，待從窗戶看到劉詢大夏天竟然披著個襖子，更是嚇得連話都說不出來。

劉詢睜開眼睛，淡淡一瞥，何小七立即軟跪在了地上，「皇……皇上，天……天有些晚了。」

劉詢靜靜站起，將身上的襖子仔細疊好，何小七想去拿，劉詢卻自己珍而重之地拿在了手裡，一邊向外走，一邊吩咐：「將屋子鎖好，派人看著點，還有……旁邊的房子。」

「是！要派人來定時打掃一下嗎？」

沉默了一會兒後響起了兩個字，「不用。」

何小七看著窗明几淨的屋子，心有所悟，安靜地鎖上了院門。

劉詢沒有回宮，仍在鄉野間閒逛。看到田間地頭綠意盎然，果樹藤架花葉繁茂，家家戶戶燈光溫暖，他似微有欣悅，卻也不過一閃而逝。

太陽已經完全落山，月亮剛剛升起，如少女的彎眉，掛在東山頂上，帶著一股羞答答的嫵媚。田野間的蟲兒好像約好了一般，紛紛奏起了自己的樂器，此起彼落，互相唱和。螢火蟲也打起了小燈籠，翩躚來去。

幾隻螢火蟲飛過劉詢身邊，掠過劉詢眼前，他不在意地繼續走著。走著走著，他忽地停了下來，轉身向後看去。何小七立即躬身聽吩咐，劉詢卻根本沒注意他，只是打量著山坡四周，突然，他快步向一個山坡上走去，急匆匆地在山坡間的樹叢中尋覓著什麼。

何小七小心翼翼地說：「皇上想尋找什麼，奴才可以幫著一塊找。」

劉詢聽而不聞，仍然一棵樹一棵樹地仔細查看著。然後，他站定在一棵樹前，手指撫摸著樹上的一個樹疤。他取下腰間的短劍，沿著疤痕劃了進去，一個桐油布包著的東西掉到了地上。

劉詢蹲下身子，撿起了布卷，卻沒有立即打開。他坐在了山坡上，沉默地望著遠處。

螢火蟲在荒草間，一閃一滅，時近時遠。劉詢隨手拔起地上的一根草，想著這根草若用來鬥草，應該是個百勝將軍，平君若用它，雲歌肯定要被灌得大醉。他忽地覺得夜色太過寧靜、太過冷清，指尖用力，將草彈了出去，草兒平平飛出去一段後，寂寞地跌向了地上，再不會有人為了一根草而又叫又嚷、又搶又奪了。

坐了好一會兒後，他才將桐油布卷放在膝頭，打開了布卷，一條條被捲得細長的絹帕，安靜地躺在他的膝頭。

他打開了一條絹帕，上面空白無一字，他笑了起來，這個應該是他自己的了。

下一個會是誰的？

他打開絹帕後愣住。白色的絹帕上沒有一個字，也是空白。一瞬間後，他搖搖頭，扔到了一旁。兩條空白，已分不清楚哪條是孟玨的，哪條是他的。

第三條絹帕上，畫著一個神態慵懶的男子，唇畔似笑非笑，正對著看絹帕的人眨眼睛，好像在說：「願望就是一個人心底最深處的祕密，怎麼可能寫下來讓你偷看？」寥寥幾筆，卻活靈活現，將一個人戲弄了他人的神情描繪得淋漓盡致。

多此一舉！劉詢冷哼一聲，將絹帕丟到了一邊。

靜看著剩下的兩條絹帕，他好一會兒都沒有動作。透過絹帕，能隱約看到娟秀的墨痕，他輕輕打開了一角，一行靈秀的字，帶著雲歌隔著時空走來。

一個綠衣女子正坐在山坡上，盈盈地笑著，一群群螢火蟲在她掌間、袖間明滅，映得她如山野精靈。她輕輕攏住一隻，很小心地對牠許願，「曾許願雙飛……」她輕輕放開手掌，螢火蟲飛了出去，她仰頭望著牠越飛越高。

劉詢漸漸走近她，就要聽清楚她的願望，可忽然間，他停了下來，凝視著她眉目間的溫暖，不想再去驚擾她了！他深嘆了口氣，將雲歌的絹帕合上，輕輕放在了一邊，低頭看著手中的最後一條帕，只覺得心跳加速，身體僵硬，一動都不能動。

那個鼻頭凍得通紅的丫頭怯生生地從遠處走來，身影漸漸長高，羞怯少了，潑辣多了，見到他們也不再躲閃，反倒抬著頭，昂然而過，辮梢的兩朵小紅花隨著嗄吱嗄吱晃悠著的扁擔一甩一甩的，但她的好強、潑辣下，藏著的依然是一顆自卑、羞怯的心。

他笑著搖頭，她以為自己很精明，其實又蠢又笨，什麼都不懂，她怎麼能那麼笨呢？她的笨放縱出了他的笨！

我們究竟誰更笨？

老天給了緣，讓他和她幼年時就相識，這個緣給得慷慨到奢侈，毗鄰而居，朝夕相處，抬頭不見低頭見。可他覺得她像白水野菜，平凡煙火下是尋常到乏味、不起眼到輕賤，他內心深處，隱隱渴盼著的是配得起夢中雕欄玉砌的雅致絢爛，因為遙不可及所以越發渴望。他一直以為得不到的雅致絢爛才會讓他念念不忘，卻不知道人間煙火的平實溫暖早已經刻骨銘心。

他只要輕輕一伸手，就可以毫不費力地接住老天給的「緣」，將它變作此生此世的「份」。可是他忙於在雕欄玉砌中追逐，太害怕一個不留神就會再次跌入平乏的人間煙火中，根本沒精力，也不想回頭去伸手。

究竟是誰傻？

平君，好像是我更傻一些。

這些話，妳能聽到嗎？也許，妳根本就不願聽了，也早就不關心了。

他笑得好似身子都直不起來，手中緊抓著絹帕，臉貼在舊棉襖上，幾滴水痕在棉襖的刺繡上淡淡暈開。

螢火蟲，打燈籠，飛到西，飛到東，飛上妹妹薄羅衣。

螢火蟲，打燈籠，飛得高，飛得低，飛得哥哥騎大馬。

騎大馬，馱妹妹，東街遊，西市逛，買個胭脂送妹妹。……

一個小女孩哼著歌謠從草叢裡鑽了出來，她身後一個男孩子正在捉螢火蟲。小女孩猛地看到坐在地上的劉詢，嚇了一跳，歌聲也停住，小男孩卻只是大大咧咧地瞟了劉詢一眼，就依舊去追螢火蟲。

小女孩好奇地看著劉詢，看到他想打開絹帕，卻又緩緩地合上。她探著腦袋，湊到劉詢身邊問：「叔叔，這上面是什麼？」

劉詢看著她辮子上的紅花，柔聲說：「是一個人的心願。」

「是你的親人嗎？為什麼不看？你看了就可以幫她實現心願，她一定很開心。」小女孩興奮起來。

劉詢沒有說話，只將絹帕小心地收進了懷裡。他的餘生已經沒有什麼可期盼的，唯有這條絹帕上

的東西是未知的，他需要留給自己一些期盼，似乎她和他之間沒有結束，仍在進行，仍有未知和期盼。

小女孩見劉詢不理她，悶悶地噘起了嘴。劉詢看到她的樣子，心中一陣溫軟的牽動，輕聲說：「我做錯了很多事情，她已經生氣了。」

「啊？你是不是很後悔？」

劉詢頷了首。

小女孩很同情地嘆氣，支著下巴說：「因為我偷糖吃，我娘也生我氣了，可是我不後悔！因為我早知道娘若知道了我不聽話肯定會生氣的，可那個糖真的很好吃，我就是想吃呀！所以即使再來一次，我仍然會去偷吃。」小女孩忽閃著大眼睛問，「你呢？如果再來一次，那些錯事你會不做嗎？」

劉詢愕然地愣住。

「喂！問你話呢！如果再來一次……」

遠處的男孩不耐煩地叫：「野丫頭，妳還去不去捉螢火蟲？求著我來，自己卻躲懶，我回家了！」

小女孩再顧不上劉詢，忙跑去追男孩，兩個人影很快就消失在了草叢中。

天上星羅密布，地上螢火閃爍，晚風陣陣清涼，劉詢沉默地站了起來，向山下走去。在他身後，四條白色的絹帕散落在碧綠的草地上，一陣風過，將絹帕從草地上捲起，恍似搖曳無依的落花，飄飄盪盪地散向高空，飛向遠處，漸漸墜入了漆黑的夜色，再不可尋覓。

如今的他，天涯海角，什麼都可以追尋到，卻唯有失落的往事再也找不到了。

第五十九章

鳳歸何處

她站了起來，向殿內走去，
素袍裹身、長髮委地，
蒼白的臉上只有看透一切的淡然平靜。

霍成君——嫦娥應悔偷靈藥

雲林館的荒草足沒過人膝，霍成君常常披頭散髮地坐在門檻上，望著荒草發呆。看管她的宦官和宮女都得過何小七暗示，為了自己的利益，沒有一個人敢對霍成君稍假辭色。

只有夏嬤嬤不避任何人的耳目，也完全不理會何小七的軟語警告，執意跟隨著霍成君到了昭台宮，然後又跟隨著她來到雲林館，悉心照料著霍成君的日常起居。何小七惱怒下，想動夏嬤嬤，行動前一查，卻發現夏嬤嬤表面上是霍成君救出冷宮，實際上竟是皇上暗中發的話，驚出一身冷汗後，趕緊打消了心裡的念頭。

可即使有夏嬤嬤的照顧，霍成君的一日三餐也全是野菜粗糠，還常常是有上頓、沒下頓。霍成君也不挑，不管多難吃的飯菜，她總是平靜地吃完，吃完後，就依舊坐到門檻上去發呆。

夏嬤嬤想幫她把頭髮挽起，她卻不要，任由頭髮披在肩頭。

「娘娘在想什麼？」

夏嬤嬤以為她會像以前一樣，不說話，不料她今日的心情似乎還好，竟回道：「我在想一些以前的事情。」

霍成君低頭擺弄著自己的衣裙，裙襬上兩個小洞，她的指頭在小洞中鑽進鑽出，好像覺得很有趣，夏嬤嬤看得心酸，輕聲說：「這是我第二次進冷宮，第一次進來時，我一直盼著出去，直到絕望，這一次進來時，我卻再不想出去了，這裡雖然清苦，可很安靜，身雖然苦一些，心卻不苦。」

霍成君側著頭笑了，一把烏髮斜斜地傾瀉而下，垂在臉畔。烏髮素顏，仍是不可多得的人間麗色。

「昭台宮已經是冷宮中最差的，可劉詢又將我貶到了雲林館，何小七三天兩頭來檢查我過得如何，唯恐周圍的人給我個好臉色，妳覺得這裡能安靜嗎？」

夏嬤嬤回答不出來。

霍成君又望著荒草開始發呆，如同一個沒了生氣的泥塑。

一個宦官從外面進來，霍成君一下像變了個人，跳了起來，幾步走上前，緊緊地盯著宦官。宦官掃了眼四周，示意夏嬤嬤退下，夏嬤嬤向霍成君行了一禮，退了出去。

宦官趾高氣揚地說：「最近宮裡出了不少大事，我抽不出空過來。妳的話，我前段日子已經帶給了孟大人，他只微笑著聽完，客氣有禮地謝過我後，什麼都沒說就走了。」

霍成君怔怔地盯著膝蓋處的野草，失望嗎？也許不！他仍是那個他，冷漠狠心依舊，一點憐憫都吝於賜予。

宦官咳嗽了兩聲，慢條斯理地說：「我這裡有個關於孟大人的重大消息。」

霍成君發了一會兒呆，才反應過來宦官的意思，說道：「我身邊已經沒有任何金銀首飾了，上次給你的那根玉簪子已是我最後的財物。哦！對了，那邊還掛著一盞燈籠，手工精巧，應該能換一些錢。」

燈籠？宦官冷哼一聲，不耐煩地轉身就走，邊走邊隨口說：「孟玨已死，蕭望之接任太子太傅。」

霍成君身體巨顫，一把抓住宦官的胳膊，「你說什麼？不可能！」

宦官毫不客氣地將霍成君推到地上，拂了拂自己的衣袖，撣去晦氣，「隻手遮天的霍家都能全死光，孟玨有什麼不能死的？不過……」他自己的表情也很困惑，一邊向外走，一邊自言自語地說：「究竟怎麼回事，我可真不清楚。皇上宣旨加封蕭望之為太傅時，和百官痛心疾首地說孟玨身為異族人，雖然皇恩隆厚，卻仍有異心，竟然暗中和羌人有往來，事情敗露後，逃出了長安，可宮裡的宦官卻暗中說他被萬箭穿心，早死了！」

霍成君呆呆地坐在冰冷的荒草叢中，遠處夕陽如血、孤鴻哀啼，她眼前一切都朦朧不清。劉詢怎麼會讓他活著呢？她早該想到的！可劉詢為什麼遲遲不殺她呢？劉詢對她的遷怒和怨恨，一死都不可解，也許只有日日的活罪才能讓他稍微滿意。

她站了起來，向殿內走去，素袍裹身、長髮委地，蒼白的臉上只有看透一切的淡然平靜。

清風吹拂，窗前的八角垂條宮燈隨風搖晃，一面面栩栩如生的圖畫在她眼前晃過，正對著她的一幅恰是嫦娥獨居於淒冷的廣寒宮，偷望人間的垂淚圖。

她淡淡地笑開，父親，女兒錯了！即使地下也無顏見您！

她取出一幅舊緞，站在了腳踏上，手用力一揚，將長緞拋向了屋梁。

夕陽斜斜照進了冷殿，屋內的一切都帶上了一層橙黃的光暈。

風乍疾，窗戶被吹得一開一闔，啪啪作響，燈籠被吹到了地上，滴溜溜地打了幾個轉，停在了一個翻倒的腳踏前。

上官小妹——一個人的地老天荒

當橙兒替上官小妹梳頭時，小妹看見了鏡中的白髮，她輕輕挑起了那束白髮，在指肚間輕捻著。

橙兒心酸得想落淚，其實娘娘年紀並不老，和宮裡的幾個妃子差不了多少歲，可娘娘……

六順進來稟奏，言道各位娘娘來給她請安。她輕揮了揮手，六順就轉身出去了，理由都未用，直接命各宮娘娘全回去。她笑想著，六順也老了，說起話來，沒有了先前的明快熱情。

因為皇帝的尊敬，太子的孝順，她的地位在後宮無可撼動，不管是得寵的妃子還是不得寵的妃子，都想得到她的青睞，可真正能見到她一面的卻寥寥可數，有的妃子直到誕下皇子，都不知道太皇太后究竟長什麼樣。「長樂宮中的那個老女人」漸漸成了未央宮黑夜中竊竊私語的傳說。有人說她是身體殘疾，所以即使先帝無妃，專寵皇后，她都未能生育，還繪聲繪色地說廢后霍成君也這樣，只怕是霍家血脈中的病；有人說她是石女，根本不能接受帝王雨露；有人說她其實還是處子之身，先皇當年有個祕密女人，只是忌怕上官桀和霍光，所以不敢立那個女子為妃；有人說她膽小懦弱，遇事只會唯唯諾諾地哭泣；有人說她冷淡無情，家族中的人全死光了，卻一滴眼淚沒掉過……

她聽到這些流言時，總是想笑。時光是多麼可怕的東西，它讓少女的黑髮變白，男兒的直腰變彎，讓一切東西失真、變樣。但是，時光抹不去她的記憶，長樂宮幽靜而漫長的歲月，她可以慢慢回憶：

第一次踏進未央宮那年，她六歲。

還記得頭上沉重的鳳冠壓得她走路都搖搖晃晃，到處是歡天喜地的樂曲，可她害怕得只想哭，盼望著一切結束後，母親趕快來接她回去。她聽到眾人高叫「皇上」，她卻一直看不到人過來，她忍不住偷偷掀起頭上的紅蓋頭，四處找著皇上，只看見遠遠地，一抹隱忍哀怒的身影，她呆了呆，如做了錯事般，飛快地放下蓋頭，將惶恐不安藏在了鳳冠之下。

在贊者的唱詞中，她一面笨拙地磕頭行禮，一面想著母親說過的話。

「娘，皇后是什麼？」

母親推著鞦韆，將她送往高處，她笑起來，在自己的笑聲中，她聽見母親說：「皇后就是皇帝的妻子，皇帝是皇后的夫君。」

「那妻子是什麼？」

「妻子就是要和夫君一輩子在一起的人。」

「夫君是什麼？」

「夫君就是要和妻子一輩子在一起的人。」

她不高興地說：「那就是我要和皇帝一輩子在一起嗎？那可不行，娘，我要和妳一輩子在一起。」

母親半晌沒有說話，只是推著鞦韆送她，她扭回頭看，看見母親眼中似有淚光……

她在鳳冠下琢磨，就是這個人要和我一輩子在一起嗎？他好像不高興呢！可我也不高興呀！我想回家！

母親一直沒有來接她回家，她一個人留在了椒房殿。

七歲的時候，在神明臺上，他第一次抱起了她，陪著她一塊尋覓她的家。她靠在他懷裡，一邊努力地找尋爹娘，一邊模糊地想著，娘說他要和我一輩子在一起？一輩子在一起……

他沉默得一句話不說，只是靜靜地抱著她，可她的害怕和恐懼似乎淡了。

後來，她發現他很喜歡去神明臺，只是他眺望的方向是西面，而她眺望的方向是北面。她偶爾碰到他時，他仍然會將她抱起，讓她能看向北方，雖然他和她都知道，不管西面，還是北面，其實什麼都看不到。

八歲那年，她第一次聽到宮人唱：「黃鵠飛兮下建章，羽肅肅兮行蹌蹌。金為衣兮菊為裳，唼喋荷荇，出入蒹葭。自顧菲薄，愧爾嘉祥。」

身旁的宮女告訴她，這是皇上應大臣所請作的詩，詩意她並未全解，可她知道這首歌唱的不是什麼祥瑞，而是皇帝他自己。因為她也曾無數次站在太液池畔，看著自由自在的鳥兒，幻想著自己是一隻鳥，能自由地飛出未央宮。在宮女的歌聲中，她忽然明白了他眼中深藏的憐惜，原來他懂她的，他雖然沉默疏離，可他明白她心中的一切。

她逐漸長高，他對她卻日趨冷漠。偶爾，她會刻意地在神明臺巧遇他，可他看見她時，會立即轉身離去，他漠然的背影下有著藏不住的疲倦，她知道神明臺是整個未央宮中，唯一一塊真正屬於他的天地。因為懂得，所以止步。她不再去神明臺，只會在有星星的晚上，在遠處散步，靜聽著悠悠簫聲，縈繞在朱廊玉欄間。

她怎麼可能離開這裡？

她這一生所有的快樂和記憶都在這裡。她的父母兄弟、家族親人也都在這座城池裡。清明的時候，她會先去祭拜父母，再去祭拜祖父、外祖父、叔叔、舅舅，她會在弟弟的墓前，將親手所畫的馬燒給他，也會在蘭姑姑的墓前燒絹花，成君小姨的墓前燒羅帕。

更重要的是這裡有他。她可以在神明臺上一坐一天，可以去太液池看黃鵠，還可以去平陵看日出，在這座宮殿裡，他的身影無處不在，而且這些記憶只屬於她，即使那個青絲如雲、笑顏若歌的女子也永不可能擁有。如果擁有是一種幸福，那麼擁有回憶的她也是幸福的。

「娘娘？」橙兒擔憂地輕叫，娘娘又在發呆了。

小妹抱歉地一笑，揮手讓橙兒下去，不在意地將指間的白髮放下，起身走到了窗前，推開了窗戶，藍天上排成一字的大雁，正在南遷。那些鳥兒飛去的地方是什麼樣子呢？皇帝大哥他現在肯定知道的。

大哥，我知道你終於自由，你已經隨著那個如雲似歌的女子飛了出去，她會行遍千山萬水，做完你想做的每一件事情。可我的你，在這座宮殿裡，卻無處不在，太液池畔、神明臺上、殿宇的迴廊間，彷彿只要一個眨眼，就可看到你徐徐向我走來；深夜時，只要我凝神細聽，依然還能聽到你的簫聲。

你的那道旨意，我怕是永遠都用不上了，我知道外面的天地很大，可是再大的天地，沒有了你的身影，又與我何干呢？那些花再豔，那些樹再美，那些景致再神奇，那些男兒再好，都不是我想要的，我只願意守在這裡，守著你與我的回憶，一個人地老天荒。

跋文

漢武帝末年，由於連年征戰、窮奢極欲和嚴刑峻法，社會矛盾日益尖銳，土地流失嚴重，民不聊生，農民起義的烽火四起。面對民怨，漢武帝想起秦亡於窮民起義的前車之鑒，下《輪台罪己詔》，懺悔半生所為。

武帝死後，昭帝劉弗陵八歲登基，夙慧多智，果決善斷，數次下詔賑濟百姓，減免田租、口賦等賦稅，短短十三年時間，賦稅就減少了三分之二。同時他減刑罰、赦天下，推行仁政。在他執政期間，百姓安居樂業，國庫開始充裕，漢朝開始出現了中興穩定的局面。

元平元年，史籍中記錄的自小身體健康、聰慧好動的昭帝，卻在二十一歲（有說二十二歲）的英年暴病而亡。劉弗陵，終其一生，未有妃嬪，未有寵幸宮女的紀錄，也未有子嗣，只有一個小他六歲（或七歲）的皇后上官氏。劉弗陵死後，葬於平陵。

昭帝駕崩後，其侄昌邑王劉賀被霍光擁立為帝。劉賀在即位的二十七天內做了一千一百二十七件荒唐事，平均每日四十件，也就是劉賀不吃不睡，都得要幾乎每半個小時去做一件壞事。霍光以此為由廢劉賀，立劉詢。自此，另一位傳奇皇帝——劉詢，登上了歷史舞臺。

劉詢因為長於民間，深知民間疾苦。他體察民情，嚴格約束官吏，誅殺了不少位高權重的貪官汙吏。他還屢次赦免賦稅，招撫流民，減輕刑罰；在農業生產等重大國策上，繼續採用霍光的主張，令民富國強；而對周邊國家的政策上，則軟硬兼施，縱橫聯合，各個擊破。神爵二年，劉詢派大軍進攻羌族，羌族各部落聯合，並向匈奴借兵，因地利之便，隱然占據上風，正當漢朝軍隊形勢危急時，羌族爆發莫名的內亂，主戰的首領楊玉、猶非等人被殺，羌族大亂，最後降漢。西域各國，烏孫、車師、龜茲紛紛歸附。甘露三年，南匈奴呼韓邪單于親至五原塞上請求入漢朝稱臣，南匈奴成了漢朝的藩屬，隨同呼韓邪單于歸順漢朝的還有武帝時背叛漢朝、歸附匈奴的李陵後人（李陵乃飛將軍李廣之孫）。至此，宣帝劉詢得以完成武帝劉徹終其一生、傾舉國之力都未盡的功業——四夷臣服，天下歸順。

宣帝劉詢有三位皇后：許平君、霍成君以及史書未有名字記載的王皇后。史冊記載，許平君與劉詢感情深厚，有「故劍情深」的典故，死於產後大出血，霍光死後，卻又被查出是死於中毒；第二位皇后霍成君乃大將軍霍光之小女，霍光生前，霍成君和劉詢帝后恩愛，近乎專寵，可是一直不能有孕，霍光死後，霍成君被廢，劉詢命她遷去昭台宮，卻仍不滿意，又再度命她遷往更荒涼的雲林館，霍成君不堪羞辱，自盡而亡；而第三位皇后王氏，與其說是劉詢的妻子，不如說是太子劉奭的養母，劉詢命她照顧劉奭起居，卻從未親近過她，她也自然無所出，所以宣帝終其一生，只有劉奭一位嫡皇子，按照中國皇位的繼承制度，也就是說，除非劉奭死，否則其他皇子都沒有繼位資格。可矛盾的是，劉詢雖對劉奭非同尋常的愛護，但父子關係並不融洽。史書記載中，劉奭「柔仁好儒」（在《雲中歌》中，劉奭是在太傅孟玨的刻意引導下，熟讀儒家典籍，崇尚儒術，再加上母親許平君的影響，以致秉性柔仁。）而劉詢卻推崇帝王霸權治國，所以幾乎在所有事情上，劉奭都與劉詢意見不合。劉詢數次大怒，有的怒火甚至被惜言如金的史官記錄入了史典，可劉詢依然將皇位傳給了劉奭。

宣帝劉詢對待宗室親厚多恩，卻獨對昌邑王劉賀不喜，屢次下旨斥責他的言行，甚至最後下旨

封他為「海昏侯」，昌邑王劉賀逆來順受，從無反抗，對「海昏侯」的封號也敬納。據史籍記載，劉賀喜行獵，身健康，最後卻無疾而終，年僅三十多歲。而廣陵王劉胥則恰恰相反，根據史冊記載，宣帝對其禮待厚賞，皇恩隆厚，可他依然對皇帝不滿，竟然倒行逆施，請巫婆詛咒宣帝早死。事情敗露後，劉胥畏罪自盡。他死後，劉詢將廣陵國廢除，不許劉胥的子孫繼承封地。直到元帝劉奭登基後，才復封劉胥的太子劉霸為廣陵王，歸還封地，以奉劉胥之祀。

黃龍元年，宣帝劉詢去世，享年四十四歲，葬於杜陵。

宣帝統治期間，「吏稱其職，民安其業」，史書上評價這段時期是漢代歷史上武力最強盛、經濟最繁榮的時期。但宣帝的功績離不開昭帝為他打下的基礎，所以昭帝劉弗陵和宣帝劉詢的統治被並稱為「昭宣中興」。

但是，宣帝的中興之後卻是重重隱患。由於宣帝任用宦官，元帝劉奭對宦官更是寵愛、信任非常，以致後來發生了重臣被宦官打死的慘劇。所有這些都埋下了日後宦官干政的隱患，宦官干政又直接滋生朝廷的黨派鬥爭，擾亂正常的朝務，漢朝最後亡於宦官亂政，可以說，是在劉詢手裡就埋下了禍源。

——雲中歌〔卷六〕悲喚來世夢　全書完

最後的告別

寫這個故事是一個意外。《大漢情緣》系列一共有三個故事，第一個是《大漠謠》。《大漠謠》完結後，想寫一個縈繞於心的現代故事，然後再繼續進行大漢情緣系列的創作。但是因為答應了一個朋友，要寫一下她最愛的皇帝——劉病已，而我對劉病已和許平君「故劍情深」的故事也很感動，所以閒著的時候，開始查看劉病已的資料，在看的過程中，我有越來越多的疑惑，漸漸萌生了動筆的衝動。

比如，劉病已是陰謀血腥中僥倖活下的人，他親身經歷過的血腥應該讓他對宮廷殘酷早有清醒的理解，可是他在明知道霍家想送霍成君入宮時，卻特意尋求故劍，立許平君為皇后，他難道不知道這樣做，就是把他的結髮妻子推到了霍家的屠刀底下嗎？如果一個男人真心愛一個女子，捨得這樣做嗎？看看史籍中的記載，他作為一個帝王，在霍光面前坐，都有如芒刺在背。「宣帝始立，謁見高廟，大將軍光從驂乘，上內嚴憚之，若有芒刺在背。」可見，他不是不知道他立許平君為后之後，許平君即將面對的一切，可是他仍然做了，我當時的分析就是他是用許平君暫時阻擋霍光勢力在後宮的發展，為自己帝權的鞏固爭取時間。這個千古流傳的「故劍情深」是歷史和善良的大家開的一個玩笑。後來，一個讀者提供了《西漢中後期政局演變探微》（張小峰著）中的解讀，其中的理解印證了我的判斷。「宣帝詔求微時故劍絕不是一件普通的個人情感問題，而是極具深意的重大政治事件，這是宣帝以巧妙的方式抑制霍氏勢力再度擴張，保證帝權不致淪為后權附庸的無聲抗爭。人們不應該忘記，霍光廢立昌邑和擁佐宣帝，都是以皇太后、太皇太后（即《雲中歌》中的上官小妹）的頭銜完成，宣帝以詔求『微時故劍』表明自己拒絕接納霍成君的政治立場，是不願意繼上官太皇太后之後再出現一個能控制後宮的霍皇后，從而掣肘自己的施政。」當然，我認為劉詢對他的髮妻是有愛的，畢竟這是他這一生中，唯一一個可以患難與共的女人，不論他貧窮與富貴，都會跟在他身邊的女人，他絕不想她死，他甚至也許想著如果他被真正架空了，傾巢之下，焉有完卵？他更快地鞏固帝權，最終也是為了保護兒子和她。只不過面臨抉擇時，他更愛的是自己而已。

再比如，我相信霍氏想過無數方法剷除掉許平君和劉奭，主要應該是劉奭，但是，許平君真正的死因，卻非常值得商榷。根據史書記載，許平君死後兩年左右，霍光死，霍光死後兩年左右，劉詢查出許平君真正的死因，霍家無奈，倉促起事，意圖謀反，被劉詢鎮壓，整個霍家被滅族。我當時讀到這裡時，很想笑，因為我想不通一個人連皇后都敢毒殺了，為什麼沒把那個醫婆給滅口？要等到四年後讓皇帝去查，去拿證據。四年呀！不是一個月，兩個月，有多少種方法可以讓一個醫婆死掉？書上的解釋是因為劉詢察覺有異，霍光怕事情洩漏，不敢輕舉妄動。如果是幾個月，甚至一年的時間，我相信，因為天下有一個成語叫「欲蓋彌彰」，但是四年，我不相信！我只知道，霍光是一個能殺死自己女婿，令親家滿門皆滅的人，在他眼中，只有死人才不會讓事情洩漏。所以這個因為毒殺許皇后、霍家謀反的故事也讓我推斷了很多，當然也僅是我的推斷，目前我還沒發現什麼文獻進一步去證明。

本來這個故事是因為劉詢開始的，可是隨著疑惑的增多，我並沒有如我朋友的期待，喜歡上劉詢，我開始喜歡或者說愛上了這段歷史中的另一個帝王——劉弗陵。讀著他那少得可憐的紀錄，我卻感受到了一個絕對與眾不同的帝王。看到史冊記錄他幼年時身體健康，劉徹就是因為他身材高大，身體健康，才會考慮將江山託付，可是這樣一個體魄健康的孩子卻在二十一歲暴病而亡，倉促得連帝陵都來不及修建，可見沒有任何病亡的先兆，而這個劉徹眼中身體絕對健康、足擔社稷的孩子，在二十一歲的「高齡」，卻連一個孩子都沒留下（古人十四五歲就可以圓房生子了）。太多的疑點讓我們後人玩味。我只想說，我非常、非常難受！

在查看資料時，還有一件很有意思的事情，我發現了一封漢武帝的遺詔。「制詔皇太子：朕體不安，今將絕矣！與地合同，終不復起。謹視皇天之嗣，加增朕在。善遇百姓，賦斂以理；存賢近聖，必聚諝士；表教奉先，自致天子。胡亥自圯，滅名絕紀。審察朕言，終身毋已。蒼蒼之天不可得久視，堂堂之地不可得久履，道此絕矣！告後世及其子孫，忽忽錫錫，恐見故里，毋負天地，更亡更在，口如口廬，下敦閭裡，人固當死，慎毋敢佞。」這道詔書並不見各個正史，出土於一九七七年甘肅玉門花海漢代烽燧遺址。這道詔書好玩的地方，是因為它的頒布不是在劉弗陵繼位之前，而是劉弗陵登基之後，只能嘆口氣，劉徹對他走後的形勢其實大部分都有預測，所以一個個地都有安排與布置。這道詔書據我估計，應該是他特意用來針對藩王的，因為劉弗陵登基後，曾有很荒謬的言論流傳，燕王散播流言說劉弗陵其實是霍光的孩子，劉弗陵是篡位，而非繼位。我想劉徹的這道聖旨就是明明白白地在替劉弗陵鞏固帝位，我想這也許就是為什麼這道聖旨是在昭帝都已經繼位後才頒布。也許劉徹死前明明白白地告訴劉弗陵，如果出現什麼什麼狀況，你就把這個頒布；如果出現什麼什麼狀

況，你就……

我的文章中，劉徹安排訓練宦官保護劉弗陵是我自己的構思，但是大膽假想一下歷史，從這道出土的詔書看，劉徹如果真有類似的祕密安排也不是沒有可能，想想，這道詔書是一九七七年才出土的，之前各類史籍都沒有紀錄，對眾人而言就是不存在。其實歷史還有多少未出土的東西？甚至完全湮沒、永不會出土的東西？這些才是占歷史的大宗。劉徹既然考慮了藩王，那麼必定要考慮禁軍，因為他自己本就深受過其禍害，所以如果他想辦法訓練一種祕密的力量來對抗將來可能背叛的禁軍則完全有可能。而我選擇宦官的原因則是在此之前，西漢宦官的勢力一直沒有顯山露水，可在此之後，劉詢、劉奭手上都有權力大、受寵信的宦官。尤其劉奭，此人並不算是一個昏庸的皇帝，他很善於聽取建議，也願意改正自身的錯誤，但是他很優柔寡斷，在位期間，發生了宦官將朝廷的重臣出於私怨就弄死的事情。所以，這也是我為什麼選擇了宦官作為劉徹的選擇。因為從這裡開始，漢朝最後亡於宦官亂政的禍源已經深深埋下，以致成為必然，當然，這只是我的一種構思。

這大概就是歷史，這大概也就是事實的殘忍，每一件事情都有其雙刃的一面。當劉詢借助宦官時，他不會預想到後來的事態發展，不會想到某一天整個王朝會亡於對他忠心耿耿的宦官手裡。

孟玨是這個故事毫無疑問的男主角，從第一卷到最後一卷，他的戲分貫穿始終，對他的情感，和對別人不一樣，對別人是看資料的時候，一點點就累積了，對他卻是寫的過程中，才開始累積。我看著他面冷心熱，看著他冷眼嘲蒼天，看著他談笑間落子布局，看著他此生的孤寂淒涼，看著他漫不經心、面帶倦容地給劉詢埋下了無數炸彈：劉奭的「柔仁好儒」、對父親劉詢的恨怨，還有兩大權力集團的仇恨，最後由宦官干政引發朝黨之爭，看著他從迷茫掙扎到落寞疲憊。到後來，因為愛這個男子，我恨自己，恨自己被故事發展導向的必然。

故事的開頭，我一直以為的結局是孟玨會和雲歌在一起，但是寫到後來，我已經無能為力！他們的性格，他們之前所做的「因」，已經決定了他們的「果」，我多麼想讓雲歌能豁達一些，能不死心眼一些，又多麼希望孟玨能少一點桀驁，少一點彆扭，可是……

這個故事真的完了嗎？恍恍惚惚中，我沒有辦法回答自己。

雲歌的病如何了？她可會知道紫玉簫上的血是孟玨的心血所染？她會不會在一個深夜，青燈下讀書時，突然看見孟玨寫給她的藥方……

這個故事一開始的文案是：「在對的時間，遇見對的人，是一生幸福。在對的時間，遇見錯的人，是一場心傷。在錯的時間，遇見對的人，是一世無奈。在錯的時間，遇見錯的人，是一段折磨。」很多讀者猜測，誰是雲歌對的時間對的人，誰是雲歌錯的時間錯的人。其實，這四句話，是送給他們所有人，劉賀和紅衣、許平君和劉詢、霍成君和劉詢、霍成君和孟玨、上官小妹和劉弗陵……在對與錯之間，幸福、心傷、無奈、折磨一一上演。

最後是一份感謝和一份道歉：

這個故事的順利完成，首先要感謝三個朋友：柳丁、尋找紫魅和禪影。她們幫我檢查文章，付出了很多時間和精力，尤其感謝的是柳丁和紫魅。柳丁在文字上給了我許多切實的意見和幫助，比如劉弗陵過世的一幕，最後一章上官小妹的描繪；紫魅則在很多細節描述上提出質疑，讓我重審自己的表達和思路。還要感謝論壇上兩位前任的《雲中歌》版主：抹茶和鳳梨，她們在《雲中歌》連載過程中給予了很多幫助和支持。謝謝所有在這個故事漫長的寫作過程中給予了我支持和鼓勵的朋友。

不管《步步驚心》、《大漠謠》、還是《雲中歌》，都只是一個故事，絕對不是歷史，我想講述的只是心中的一個故事，更注重的是人物性格和人物情感變化的合理性。不會過分去追求歷史原貌的細節恢復，也不可能去追求，否則書寫語言就已經完全不對，古漢語和現在的漢語變化極其大；而很多東西究竟什麼年代就有了，即使在嚴肅的學術界都還未有定論，已有的定論常常會被考古新發現而推翻。當然，我也不會拘泥於歷史的紀錄，否則就不會有《大漠謠》。但是，我仍想和看這個故事的朋友道歉，因為本人的才疏學淺而造成的差錯。比如「太監」這個詞語的出現，漢代時，「太監」的名稱是宦官，而我作為一個現代人，已經太習慣於「太監」這個說法，即使明知道漢朝稱呼閹者是宦官，仍筆順犯錯。有的差錯卻的確是學識疏漏，未細緻了解這個稱呼在漢語中的演變。雖然這些差錯對整個故事情節發展，以及所有人物的性格和命運都沒有絲毫影響，絕對不影響故事的故事性，但是仍然很抱歉！我會在再版時，進行糾正。（編按：繁體中文版已將「太監」全部訂正為「宦官」。）

桐華　二〇〇八年於美國家中

給臺灣讀者

第一次問候

臺灣的讀者，你們好！

《雲中歌》是我在臺灣出版的第三本書了，卻是第一次和你們真正交流。

我對臺灣最早的印象大概就是小虎隊和鄧麗君，後來還有瓊瑤、林青霞、三毛、白先勇、席慕蓉、余光中、蔡琴……。那個時候，沒有網路，交通和資訊都不發達，對我而言，臺灣很遙遠。可因為那些喜歡的明星，喜歡的作家，我很希望長大後有機會去臺灣。

沒有想到，多年後，我離開了故鄉，去了北京，離開了北京，去了洛杉磯，離開了洛杉磯……現在旅居在紐約。我走過了大半個中國，走過了半個美國，也遊了歐洲，我去了很多小時候想都沒有想過的地方，可我曾經想去的臺灣，卻一直沒有去。雖然從沒踏足臺灣，可因為歌曲、影視、小說、詩歌，可以說臺灣在我的成長中留下了很多影響。

所以，我知道，我一定會去臺灣。

我想在三毛的墓前為她獻一束花，期待能看到席慕蓉的畫，還希望嘗試一下臺灣小吃（好多臺灣朋友和我推薦過了）。當然，我也會去書店，想去書店看看我的書。

謝謝野人出版社，謝謝你們閱讀我的故事，謝謝你們的支持！

桐華　二〇一一年於美國家中

桐華和臺灣讀者的私心分享

桐華 vs. 野人文化編輯部

編輯部：最近《步步驚心》電視劇播出之後，您有什麼樣的感觸，或是得到哪些回響？

桐　華：比較開心的是《步步驚心》的電視劇在臺灣回響很好。有一天我看臺灣的新聞，看到一個男生對記者說他是特意來幫女朋友買《步步驚心》的，因為她喜歡。我看了，就很感動，其實都不知道為什麼很感動，可就是很感動，覺得那個男生很溫柔，他的女朋友應該很幸福，當然，也開心他女朋友喜歡《步步驚心》了。

編輯部：我們知道《雲中歌》已經售出電視版權了。請問《雲中歌》的電視劇本，會大幅改寫或增加情節嗎？

桐　華：就我目前和影視公司方面溝通，《雲中歌》的情節走向不會有大的變動，但是某些細節的處理肯定會因為現實問題而變動，比如雲歌出場時，在書中是騎著雪白的駱駝，帶著一隻白狼，還有雙鵰守護，拍攝時，找來這些動物是很難的，依靠特技又不現實，所以大概會做一定的變動。另外透露的一個小祕密是，結局可能會有變動。因為當年我腦海中本來是另一個結局，但後來寫著寫著心軟了一下，就寫成了現在的結局；但我和影視公司交流時，我說了我最初的一些想法，他們很感動於那個構思，也許在拍攝時，會考慮使用那個情節。

編輯部 您個人的愛情觀，和《雲中歌》裡的哪個人物比較接近呢？

桐　華 我的愛情觀也許和劉弗陵的比較接近吧，我們無法改變生命的長度，但可以改變生命的廣度和深度，而愛情恰恰是一種最好的方式。因為另外一個人的融入，我們也許可以看的更多，經歷得更多，讓生命更加豐富。

編輯部 孟玨真的死了嗎？（如果連他都死了，雲歌也太可憐了……雖說即便孟玨沒死，雲歌和他復合的可能性似乎也不太高……）

桐　華 這個問題由讀者決定吧，喜歡美滿結局的人可以設想：多年之後，他們帶著滄桑相逢於湖海，歲月將一切沉澱，一笑泯恩仇，比肩看霞飛。

編輯部 「大漢情緣」第三部會繼續完成嗎？人物會否和《大漠謠》及《雲中歌》有交集或延續呢？

桐　華 理論上，我會繼續創作第三部，但時間還不確定，需要等到心裡湧出講述故事的激情。人物會和《大漠謠》與《雲中歌》都有交集，畢竟這是一個系列的故事，有一定的脈絡，當然，也各自獨立。

茶蘼坊 18

作　　者　桐華

總編輯　張瑩瑩
副總編輯　蔡麗真

責任編輯　吳季倫
校　　對　仙境工作室
美術設計　yuying
封面設計　周家瑤
行銷企畫　黃煜智、黃怡婷

社　　長　郭重興
發行人兼出版總監　曾大福
出　　版　野人文化股份有限公司
發　　行　遠足文化事業股份有限公司
地址：231新北市新店區民權路108-2號9樓
電話：（02）2218-1417　傳真：（02）8667-1065
電子信箱：service@bookrep.com.tw
網址：www.bookrep.com.tw
郵撥帳號：19504465遠足文化事業股份有限公司
客服專線：0800-221-029
法律顧問　華洋法律事務所 蘇文生律師
印　　製　成陽印刷股份有限公司
初　　版　2012年2月　初版3刷　2014年6月

定　　價　220元
ISBN　978-986-6158-70-4
歡迎團體訂購，另有優惠，請洽業務部（02）22181417分機1120、1123

雲中歌
卷六
悲喚來世夢

國家圖書館出版品預行編目資料

雲中歌〔卷六〕悲喚來世夢(完) / 桐華 著.
-- 初版. -- 新北市 :
野人文化出版 : 遠足文化發行, 2012.2
232面; 15 × 21公分. --（茶蘼坊 ; 18）

ISBN 978-986-6158-70-4（平裝）

857.7　　100020551

雲中歌〔卷六〕悲喚來世夢（完）

線上讀者回函專用 QR CODE，您的寶貴意見，將是我們進步的最大動力。

野人文化
讀者回函卡

感謝你購買《雲中歌》卷六　悲喚來世夢

姓　名　　　　　　　　　　□女 □男　年齡

地　址

電　話　　　　　　　　　　手機

Email

□同意 □不同意　收到野人文化新書電子報

學　歷 □國中(含以下) □高中職 □大專 □研究所以上

職　業 □生產/製造 □金融/商業 □傳播/廣告 □軍警/公務員
□教育/文化 □旅遊/運輸 □醫療/保健 □仲介/服務
□學生 □自由/家管 □其他

◆你從何處知道此書？
□書店：名稱 ________ □網路：名稱 ________
□量販店：名稱 ________ □其他 ________

◆你以何種方式購買本書？
□誠品書店 □誠品網路書店 □金石堂書店 □金石堂網路書店
□博客來網路書店 □其他 ________

◆你的閱讀習慣：
□親子教養 □文學 □翻譯小說 □日文小說 □華文小說 □藝術設計
□人文社科 □自然科學 □商業理財 □宗教哲學 □心理勵志
□休閒生活（旅遊、瘦身、美容、園藝等） □手工藝／DIY □飲食／食譜
□健康養生 □兩性 □圖文書／漫畫 □其他 ________

◆你對本書的評價：（請填代號，1. 非常滿意　2. 滿意　3. 尚可　4. 待改進）
書名 ____ 封面設計 ____ 版面編排 ____ 印刷 ____ 內容 ____
整體評價 ____

◆你對本書的建議：

野人文化部落格 http://yeren.pixnet.net/blog
野人文化粉絲專頁 http://www.facebook.com/yerenpublish

廣　告　回　函
板橋郵政管理局登記證
板 橋 廣 字 第 143 號

郵資已付　免貼郵票

23141
新北市新店區民權路108-2號9樓
野人文化股份有限公司 收

請沿線撕下對折寄回

書名：雲中歌〔卷六〕悲喚來世夢　　書號：0NRR0018